ビギナーズ・クラシックス 中国の古典

詩経・楚辞

牧角悦子

はじめに

歌はどこからうまれるのでしょう。

日本の歌謡集である『古今和歌集』の仮名序で紀貫之は、
やまと歌は、人の心を種として、万《よろず》の言の葉とぞなれりける。

といい、また古い聖書のはじまりには、
はじめに言葉ありき。

とありました。

歌は、人の心のなかにある悲しみや喜び、そして言葉にせずにはおれない心の高ぶりを種としてうまれます。それにメロディーを与えれば歌になり、言葉を与えれば詩になります。歌は、そして詩は、人の心の中から生まれたものでした。

ところで、中国の古典では、歌と詩とは、厳密にいうと異なります。歌はメロディーに合わせて歌うものであり、詩は言葉として記しとどめおくものです。人がまだ文字や言葉を持たなかった時代、心の高ぶりは「あゝ」という感嘆詞でしか表わせませんでした。この「あゝ」から歌がうまれます。そして言葉はできても文字の無かった時代、大切なことがらは覚えてそらんじるしかありませんでした。リズムをつけたり、抑揚をつけたり、あるいは韻をふんだりして記憶しやすくした言葉、詩はここから生まれます。古代の人々はまた、自然の神々を大切にしていました。海にも山にも、そして草や木にも、自然界の全て命あるものには神が宿っている、そして人間もその魂は、肉体が滅んだのちも霊魂として永遠に存在し続けると考えていました。それらの神霊（すなわち海山の神々と祖先の霊魂）は、季節ごとに、そして行事ごとに、この世に呼び戻され祭られます。

春の祭りにはその一年の豊かな稔《みのり》と、それをもたらす大地、そして慈雨とが祈願されました。初夏の祭りでは青年たちが恋人を求めあいました。さらに、秋の祭りでは収穫の感謝が、そして冬の真っ只中には、次の春の訪れを呼ぶ豫祝《よしゆく》の祭りがおこなわれました。これら季節の祭りでは自然の神々に祈りがささげられました。また、一族の繁栄を願う家族の祭りでは、ご先祖様や亡くなった祖先の霊魂が、子孫たちによって祭られました。

この祭りの中から、古代の歌謡は生まれます。一つには神霊を降臨させる呼び声として、一つには降臨した神霊と祭りの時をたのしむ歌として、古代歌謡は生まれたのでした。そこでは歌と詩とが合体し、人は神霊とともに音楽と食事とを楽しみながら、永劫《えいごう》に続く幸せを神々に祈ったのです。古代祭祀《さいし》とよばれる、この儀式において歌われた神呼びの歌、幸せの祈願こそ、これからご紹介する『詩経《しきょう》』と『楚辞《そじ》』の原点なのです。

『詩経』も『楚辞』も、このような意味において、その歌われた原初においては抒情詩というよりは宗教歌としてあり、子孫繁栄と五穀豊穣《ほうじょう》とを祈願する祈りがその本質でした。しかし『詩経』は漢の時代になると、儒教の経典として、人倫の規範として読まれることになります。自由な恋愛の歌は礼儀の教えに、亭主に愛想を尽かす女の歌は、人民の苦しみの表白にと読み換えられてしまいます。また、『楚辞』も本来は神々を祭る宗教歌舞劇であったものが、漢代になると、屈原《くつげん》という一人の主人公の愛国忠君の物語として読まれるようになります。その後も、時代によって、『詩経』『楚辞』はそれぞれ多様にその意味を解釈される歴史が長く続きました。それは時には詩の生まれた原点の意味とは大きく異なる要素を持つものでもありました。

しかし詩歌というものは、言葉として残されたものである以上、時代の変遷ごとに「読まれ方」が変化するのは当然のことです。そして本当に価値のある詩歌は、様々に変化する時代の解釈を超えて、言葉そのものの持つ力によって、生き続けるものです。『詩経』も『楚辞』も、それぞれの時代の解釈の紆余《うよ》を経ながらも、作品そのものの持つ大きな魅力によって、いま現在に至るまで読み続けられている古典の一つなのです。

『詩経』と『楚辞』というふたつの詩集を、中国では「風騒《ふうそう》」とよびます。「風」は国風、つまり『詩経』のことであり、「騒」は「離騒」、つまり『楚辞』のことです。この二つは、中国の長い詩歌の歴史の原点であると同時に、二つの相異なる特性を持つものでもあります。『詩経』と『楚辞』とは、ともに古代の歌謡でありながら、様々な面において、とても異なるのです。

まず、地域で言うと、『詩経』の詩は、北方の黄河流域の国々の詩歌であるのに対して、『楚辞』は、長江中流のいわゆる楚の国を中心とした地方の歌謡です。次に、形式ですが、『詩経』はそのほとんどが四言（「桃之夭夭」のように、一句四文字）であるのに対して、『楚辞』は三言を「兮」で繋《つな》ぐ比較的長い句で歌われます。さらに、その内容を見てみると、『詩経』は季節祭や祖先の功績を歌ううた、神霊への祈願をうたうのに対して、『楚辞』は古代神話の神々が登場し、地上世界から天上世界へと飛翔するダイナミックなストーリー展開を見せます。そして主人公の歎きの深さ、憧《あこが》れの強さは、人の心を一種の別世界へと誘《いざな》うものがあります。

中国古典の世界では、詩人と辞人という言葉で『詩経』の詩人と『楚辞』の詩人を言い分けます。現実に根ざし、感傷に流れない乾いた歌いぶりの『詩経』と、悲しみも喜びも溢《あふ》れんばかりに歌い上げる『楚辞』との違いを、それは表わしているのです。

『詩経』と『楚辞』とは、このようにさまざまな意味で中国詩歌の歴史の源流であり、基本でした。華麗な六朝《りくちょう》詩から言語芸術の粋としての唐詩、そして近代詩に至るまで、その流れは途絶えることなく続いています。そんな中国詩歌の原点である二つの詩集を、これからご紹介いたします。

目次

◆恨みと怒りのうた 118

◆神祭り・魂祭りのうた 130

『詩経』

兕觥《じこう》　象の形をした殷代の酒器（白鶴美術館蔵）

『詩経』解説

うたのはじめ

『詩経』は、中国で最も古い詩集です。古くは『詩』と呼ばれました。殷墟《いんきょ》で知られる殷の時代、それは紀元前一〇〇〇年から二〇〇〇年という気の遠くなるほど遠い昔なのですが、その殷の時代は、まつりごとの全てを神に問う神霊絶対の時代でした。殷墟から発掘された巨大な青銅器、それは神霊を祀る神器だったのですが、その青銅器の表面に刻みこまれた文字を金文といいます。そこには、何を神に祈り、神がそれにどう答え、人々がそれをどう実行し、また神に感謝したか、ということが書かれています。一族の繁栄を祈り、神に感謝するこれらの言辞こそ、『詩経』の詩篇のひとつの母体になりました。

また、国家的な祭祀とは別に、それぞれの地方、そして村々では、季節ごとに、あるいは行事ごとに、人々は一族や土地の聖地に集まり、祖先の霊や海山の神々を祭りました。そこで歌われた歌謡もまた『詩経』のひとつの母体でした。

殷から周を経て春秋期に至るまで、王朝で、そして地方の聖地で歌われた神霊祭祀の詩歌は、やがて一つにまとめられ、『詩』と呼ばれるようになります。それは最終的には三百余篇の形で詩集になりました。孔子は『詩経』を、「詩」あるいは「詩三百」という言い方で呼びます。今現在の『詩経』も三百五篇（篇名だけ残っている六篇を加えると三百十一篇）の形で残っています。

孔子と詩三百

司馬遷《しばせん》の編纂《へんさん》した『史記』によると、『詩』を三百余篇の形に編纂したのは孔《こう》

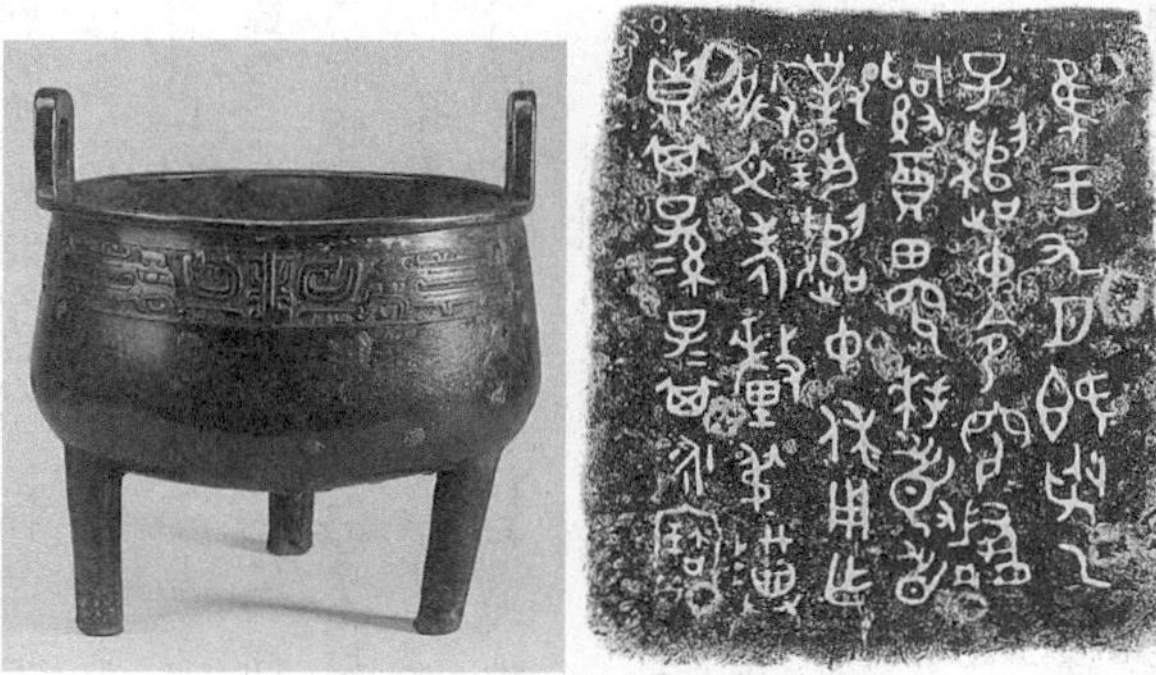

宁鼎（周王朝の青銅器）とその銘文
（陳佩芬『夏商周青銅器研究』上海博物館蔵品
西周篇上、上海古籍出版社、2004年）

子《し》だということになっています。孔子は地方遊歴の後、故郷の魯《ろ》の国に帰り、そこで儒家の規範として『詩』三百篇を編集した。それはたくさんあった詩歌のなかから、重複を取り除き、礼儀にかなうものを取り出して、音楽にのせたものだった、というのです。しかし、孔子の時代に、すでに『詩』が三百余篇の形で読まれていたことは、同時期の他の書物の記載から分かっています。ですので、正確に言えば、『詩』三百余篇の編纂者は孔子ではないということになります。しかし、孔子は、当時失われかけていた詩の本義をたずね、それを人の心の涵養《かんよう》と天下国家の指針とに据えようとした、『詩』の大いなる提唱者であることは間違いありません。

孔子教団では『詩』が重要な教科書でした。『詩』を学ぶことが、学問の基本であり、方法であり、そして目的でもありました。『論語』陽貨篇には以下のようにあります。

子《し》曰《いわ》く、小子何ぞ詩を学ぶ莫《な》きか。詩は以《もっ》て興すべく、以て観るべく、以て群すべく、以て怨むべし。

（先生がおっしゃった。君たち、どうして詩経を勉強しないのかい？　詩経を勉強することで、世の中に対する興味を目覚めさせることが出来るし、世の中をよく観察することも出来るようになるし、集団生活のルールを学ぶことも出来るし、正当な感情を持つことも出来るのだ。）

また、あるとき孔子の息子の鯉《り》が、庭にいる孔子のそばを小走りで通り過ぎました。孔子は息子を呼び止めます。「おまえ、『詩』の勉強はしたのかね？」。息子は答えます。「まだです」。すると孔子は、「『詩』の勉強をしない者は何を言ってもダメだ」。鯉はそそくさと立ち去り『詩』の勉強を始めました。

また孔子は、「人にして周南・召南を為《おさ》めざるは、其《そ》れ猶《な》お正しく牆《かき》に向かいて立つがごとし」つまり、「周南」「召南」（『詩経』の篇名）を勉強していない者は壁に向かって立っているようなもので、一歩も前に進めない、とも言います。

孔子がこれほどまでに『詩』を重視したのは、詩表現のもつ優雅さと、それを背後から支える音楽こそ、人の心を開き、正しくかつ豊かに育《はぐく》む最高の芸術であることを知っていたからでしょう。

このように、詩三百を編纂し、今に近い形に留《とど》めた者は、正確に言えば孔子ではないのですが、しかし孔子とその教育を通じて、『詩』が広く中国の士大夫の教養の基礎になっていったのは確かなことなのです。

漢代に経典として『詩経』となる

『詩』と呼ばれていたこの三百余篇の詩集は、秦（前二二一〜前二〇七）を経て漢代（前二〇二〜二二〇）になると、五経の一つとして経典になりました。

漢は儒教の時代です。諸子百家の一つであった儒家の思想が、天下国家の統治思想として、また王朝の正統性を支える宗教的理念として、唯一絶対の価値になっていきます。その儒教の経典である五経とは、『書経』・『詩経』・『易経』・『礼』、そして『春秋』でした。これらは、古き良き時代の聖人の教えとして、人倫の規範、理想の人間社会を実現するための教えだと理解されるようになります。

儒教とは、人と人との繋がりを大切にする教えです。子が親を敬うという孝の意識を中心に据えて、それを家族から村へ、村から国、そして天下国家に及ぼすことによって、理想の社会を築こうとする教えです。人と人との繋がりを大切にするためには、規範が必要です。目上の者を敬いましょう、嘘をついてはいけません、礼儀正しく振舞いましょう、などなどの規範を、これらの経典が提供することになります。詩は『詩経』として経典になった時点で、道徳規範の教科書になっていくのです。

しかし、詩は、本来は上に述べたように、神霊祭祀の場から生まれた、古代人の幸福を願う祈りの詩歌としてありました。それはそもそも人倫の規範を示すものではありませんでした。そんな『詩』が、漢代に『詩経』になることによって、その解釈は大きく変化することになります。

例を一つ挙げましょう。『詩経』鄭風《ていふう》に「狡童《こうどう》」という詩があります。

彼狡童兮　彼《か》の狡童《こうどう》
不二与レ我言一兮　我《われ》と言《い》わず
維子之故　維《こ》れ子《し》の故《ゆえ》に
使レ我不レ能二餐一兮　我《われ》をして能《よ》く餐《く》らわざらしむ

彼狡童兮　彼《か》の狡童《こうどう》
不二与レ我食一兮　我《われ》と食《く》わず

維子之故　　維《こ》れ子《し》の故《ゆえ》に
使ㇾ我不㆓能息㆒兮　　我《われ》をして能《よ》く息《いこ》わざらしむ

これは恋人のつれなさを歌う女性の歌です。「狡童」というのは、「わるいひと」とか「ずるいひと」というように、女が男に対して揶揄《やゆ》と愛《いと》しさとを込めていうことばです。また、「食」とか「餐」という表現は、男女の愛の営みを暗喩《あんゆ》するものだとも言われます。そうするとこの一篇は、つれなくなった男に対して、女が非難している歌だったはずです。意味は次のようになるでしょう。

あのずるいひと
私に口もきいてくれない。
あんたのせいで
ご飯ものどを通らない。

あのずるいひと

私と仲良くしてくれない。
あんたのせいで
眠れもしない。

ところが、漢代の解釈では、この詩は、鄭のくにの公子の忽《こつ》という人を批判したものである、ということになっています。忽は、賢人と物事を相談することをせず、その結果、勝手なことばかりやる連中に振り回されてしまった（狡童刺忽也。不能与賢人図事、権臣擅命也。）というのです。

この漢代の解釈に沿ってこの詩を訳せば、

あの頭の悪い公子は
賢者である私と仕事をしないで
（勝手な奴らの言いなりになったせいで追放されてしまった）
お前のせいで

私たちは憂いでご飯も食べられない。

あの頭の悪い公子は
賢者である私に相談することなく
（勝手な奴らの言いなりになったせいで追放されてしまった）
お前のせいで
私たちは憂いで休むこともできない。

となるでしょう。

このように、漢代になって、詩は『詩経』となることにより、その解釈は大きく変化することになるのです。

解釈の違い

中国の古典には、どれも解釈の歴史があります。

私たちは、作品は生まれた時に何某《なにがし》かの意味を持っており、それは時代を経ても変わらないものだと思いがちです。しかし中国の古典は、それが生まれた時に持った意味よりも、その後に各時代によって付与された意味の方が重要視されます。

例えば、『論語』は古い文献であり、また古典の一つですが、非常に断片的な言葉が、文脈から切り離されて残っているものですので、それが本来的にどのような意味を持ったのかということを探り当てるのは至難の業であり、ほとんど不可能です。私たちに分かるのは、その言葉の持つある断面、時代に即した解釈だけです。

『論語』子罕《しかん》篇に、尽きぬ川の流れを目にした孔子の言葉があります。

逝《ゆ》く者は斯《か》くのごときか、昼夜を舎《お》かず

昼も夜も流れ続ける川の流れに嘆息した孔子の胸中について、それが実際どのようなものであったかは知るすべはありません。しかしこの言葉は、ある時代には人生の有限性、永遠に流れ続ける川の水に対して、人は有限の生を生きるしかない、という無常観として読まれました。そしてまたある時代には、自然の無限性、流れ去っても尽きることなく次から次へと命を繋ぐ自然の無窮への賛辞として読まれました。時代の風潮と読む者の立場を反映して、解釈というものは果てしなく広がっていくものです。中国において思想とは、古典を解釈することですらありました。

『詩経』についても、解釈の歴史があります。おそらくその発生の当時にあっては神霊を呼ぶ呪術的要素の強い歌であったものが、孔子の時代には人間性の涵養につながる教養の書として理解され、漢の時代には、さらに人間関係の規範として理解されるようになります。その後も『詩経』はあるいは詩歌の権威として模倣されたり、あるいは正統派の主張として引用されたりして、多様な解釈を生みだしました。

このようにみてくると、古典の歴史は、その読みの歴史ということもできるでしょう。今、我々が目にすることのできる古典の解釈書、『詩経』や『楚辞』の訳注書も、現代という時代の意識や学問態度を反映した一つの解釈だと言えます。唯一絶対の決定的解釈というものは、中国の古典には無いのです。

しかしながら、上に見た「狡童」篇の解釈の違いからも分かる通り、時代的な要請を強く反映した解釈と、作品の本来的な意味を求めようとする解釈とが異なるのも確かです。近現代の古典解釈、特に『詩経』『楚辞』の解釈は、歴代の解釈の歴史を踏まえながらも、しかし歌謡の一つ一つが生まれた古代という発生の原点に立脚し、古代歌謡としてそれらが持った意味を探ろうとする、いわば原義（それがほんらい持った意味）探求を中心に据えた解釈です。本書においても、『詩経』を儒教の経典としてではなく、古代の歌謡として読みたいと思います。

それでは、古代という時代に生まれた、古代の人々の心を歌った歌、それをいくつかのテーマに分けて、ご紹介していきましょう。

本書では、『詩経』をいくつかのテーマ別にまとめてみました。

一つ目は「恋のうた」です。人が人を恋しく思う感情は、古今東西普遍のものだと思います。男と女が出会い求めあい結ばれる、その喜びをうたった歌を集めました。二つ目は「結婚」をテーマにしたものです。恋が成就して結ばれても、円満な結婚に結びつく場合もあれば、破綻《はたん》する場合もあります。その喜びと悲しみ、切なさを歌った詩を集めました。

三つ目は「嘆きと悲しみのうた」です。恋の破綻以外にも、さまざまな悲しみと苦しさの表白があります。そして四つ目に「恨みと怒り」を挙げました。悲しみや嘆きを超えて、激しく怒りを歌った詩、それも『詩経』の歌の大きな特徴です。

最後に集めたのは「神祭り・魂祭りのうた」です。これは、ご先祖様をまつるうたであり、『詩経』の最も古い、そして最も重要な一つの要素です。一族の歴史を語る、堂々たる『詩経』の大面目を、最後にご披露いたします。

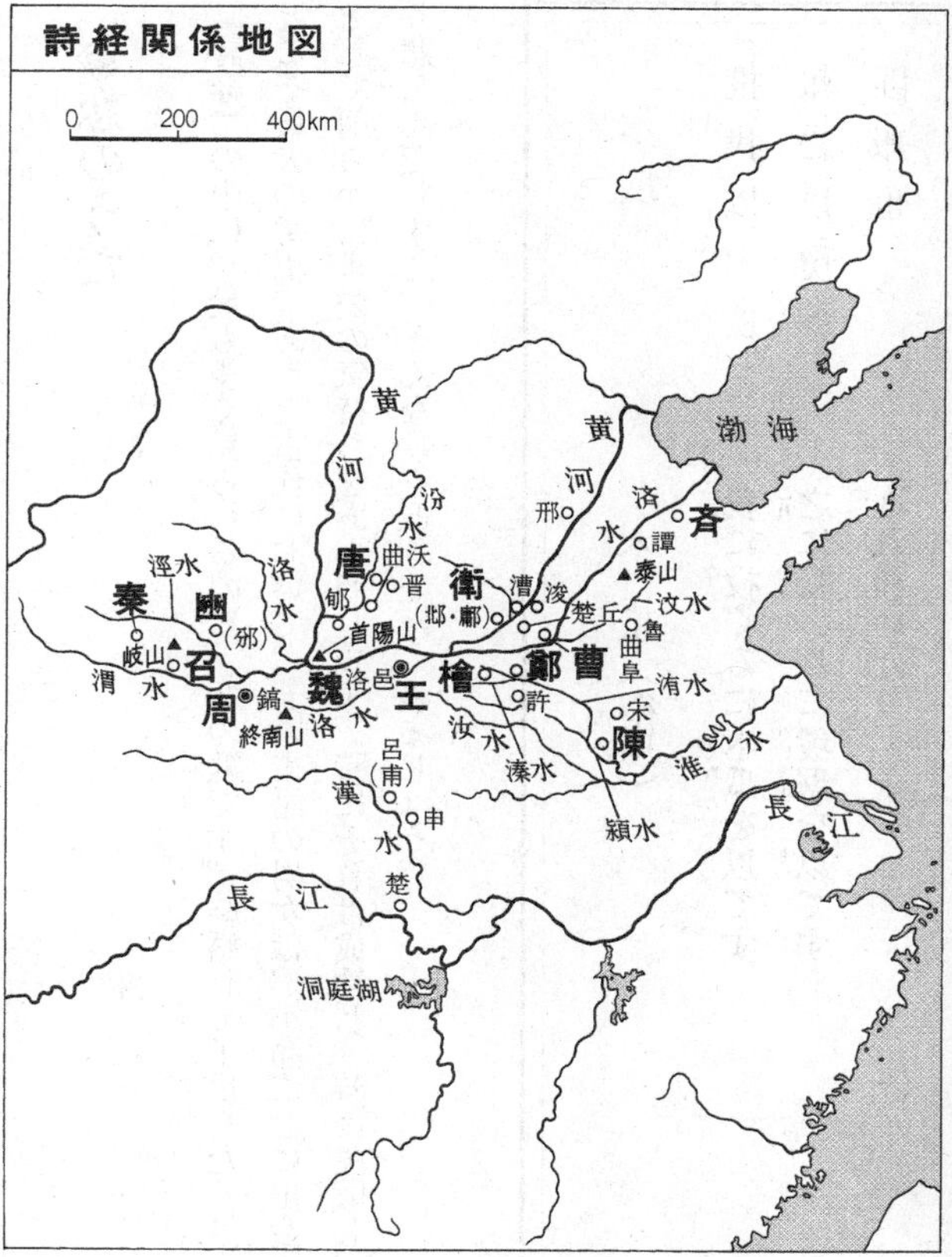
詩経関係地図
0 200 400km
黄河
汾水
洛水
涇水
秦
豳
(邠)
岐山
召
渭水
周
鎬
終南山
洛水
魏
唐
曲沃
晋
郇
首陽山
衛
(邶・鄘)
漕
浚
楚丘
洛邑
王
檜
鄭
曹
邢
済水
斉
譚
泰山
汶水
魯
曲阜
洧水
許
宋
陳
汝水
溱水
潁水
淮水
呂
(甫)
申
漢水
楚
長江
洞庭湖
渤海

◆恋のうた

『詩経』の中に、最も多く見られるのは、恋の歌です。結婚して子供をたくさん産むことこそ最大の幸福であった古代において、若い未婚の男女は、季節ごとに出会いを求め、そして朗らかに求愛の気持ちをあらわします。時にそれは成功し、時に失敗し、喜んだり悲しんだりする、そんな歌を取り上げてみましょう。

木瓜

投レ我以二木瓜一
報レ之以二瓊琚一
匪報也

木《ぼく》瓜《か》（衛風《えいふう》）

我《われ》に投《な》ぐるに木瓜《ぼくか》を以《もつ》てす
之《これ》に報《むく》いるに瓊琚《けいきよ》を以《もつ》てす
匪《か》れ報《むく》いたり

永以為レ好也　　永《なが》く以《もっ》て好《よしみ》を為《な》さん

私に木瓜《ぼけ》を投げてくれた
お返しに瓊琚《たま》を贈ろう
さあ、答えたよ
末永く仲良くしよう

投レ我以二木桃一　　我《われ》に投《な》ぐるに木桃《ぼくとう》を以《もっ》てす
報レ之以二瓊瑶一　　之《これ》に報《むく》いるに瓊瑶《けいよう》を以《もっ》てす
匪報也　　匪《か》れ報《むく》いたり
永以為レ好也　　永《なが》く以《もっ》て好《よしみ》を為《な》さん

私に木桃《さんざし》を投げてくれた

お返しに瓊瑶《たま》を贈ろう
さあ、答えたよ
末永く仲良くしよう

投レ我 以二木 李一
報レ之 以二瓊 玖一
匪 報 也
永 以 為レ好 也

我《われ》に投《な》ぐるに木李《ぼくり》を以《もっ》てす
之《これ》に報《むく》いるに瓊玖《けいきゅう》を以《もっ》てす
匪《か》れ報《むく》いたり
永《なが》く以《もっ》て好《よしみ》を為《な》さん

私に木李《こりんご》を投げてくれた
お返しに瓊玖《たま》を贈ろう
さあ、答えたよ
末永く仲良くしよう

▽歌垣と投果婚　❖❖❖❖

「木瓜」篇は、歌垣《うたがき》における投果婚をうたった詩です。歌垣というのは古代の習俗で、季節の祭りに未婚の男女が集まって、歌や果実を贈るものです。このとき、男女はそれぞれグループに分かれて、歌をうたいあいます。気に入った相手を見つけると、女性は持ってきた果物を男性に投げます。当たった男は、その女性を気に入れば、これに腰の佩玉《はいぎょく》を返し、ここに一組のカップルが出来るのです。

季節祭における投果婚は、男女の性の開放であると同時に、その年の収穫への祈願でもありました。『詩経』には、投果婚をうたった詩が複数あります。「木瓜」篇では、果物を投げる女性に、男は玉で答えます。別の詩篇、召南「摽有梅《ひょうゆうばい》」篇では、女が梅を投げるのですが、いくら投げても男は答えてくれません。最後には梅の入っていた籠《かご》まで投げつけて、はやく誘ってよ、と女が焦《あせ》ります。

佩玉
（湖北省博物館編『曾侯乙墓』、文物出版社、2007年）

これらは二篇とも女性の求愛のうたです。果物を投げるのは、あなたの子供が産みたい、という極めて素朴な求愛表現です（後述）。古代の女性はこんなにも朗らかに明るく恋と結婚を楽しんだのでした。

▽すっぱい実　梅や桃、そしてここにうたわれる「木瓜」「木桃」「木李」はすべて、すっぱい実のなる樹木です。酸果樹と呼ばれるこれらの樹木の実は、女性の妊娠中毒を守る働きを持ちます。現代でも女性は妊娠するとすっぱいものが食べたくなります。体がアルカリ性と酸性の中和を求めて、本能的にそれを欲するのです。

結婚して子供をたくさん産むことが最高の幸せであった古代において、女性の妊娠・出産を守るものは良いもの、それを阻《はば》むものは悪いもの。酸果樹とその果実は、良きもの、聖なるものとして詩の中に詠みこまれているのです。

この詩の中で、女性は三つの種類の果実を男性に投げます。「木瓜」は和名ボケ、バラ科の落葉低木で、春に花が咲きすっぱい実がなります。「木桃」「木李」は、それぞれ和名サンザシ・コリンゴ。しかし、これらは、違う種類の果実を投げたというのではなく、一章・二章・三章と、同じリズムで繰り返す中で、少しずつ韻を変えて、第一章では「木瓜」に対して「瓊琚」、第二章では「木桃」に対して「瓊瑶」、そして第三章では「木李」に対して「瓊玖」と、うたい分けたに過ぎません。

将仲子

将仲子兮
無ㇾ踰二我里一
無ㇾ折二我樹杞一
豈二敢愛ㇾ之
畏二我父母一
仲可ㇾ懐也
父母之言
亦可ㇾ畏也

将仲子《しょうちゅうし》（鄭風《ていふう》）

将《ね》がわくは仲子《ちゅうし》
我《わ》が里《り》を踰《こ》ゆる無《な》かれ
我《わ》が樹杞《やなぎ》を折《お》る無《な》かれ
豈《あ》に敢《あ》えて之《これ》を愛《お》しまん
我《わ》が父母《ふぼ》を畏《おそ》る
仲《ちゅう》は懐《おも》うべきも
父母《ふぼ》の言《げん》
亦《ま》た畏《おそ》るべし

どうか仲《にい》さん

私の家の敷地を越えないで
うちの柳を折らないで
枝が惜しいわけじゃない
父さん母さんがこわいのよ
仲《にい》さんは愛しいけれど
父さん母さんの小言は
やっぱり怖いのよ

将仲子兮
無レ踰二我牆一
無レ折二我樹桑一
豈二敢愛レ之
畏二我諸兄一

将《ね》がわくは仲子《ちゆうし》
我《わ》が牆《かき》を踰《こ》ゆる無《な》かれ
我《わ》が樹《く》桑《わ》を折《お》る無《な》かれ
豈《あ》に敢《あ》えて之《これ》を愛《お》しまん
我《わ》が諸兄《しよけい》を畏《おそ》る

仲可レ懐也　仲《ちゅう》は懐《おも》うべきも
諸兄之言　諸兄《しょけい》の言《げん》
亦可レ畏也　亦《ま》た畏《おそ》るべし

どうか仲《にい》さん
私の家の籬を越えないで
庭の桑《くわ》の木を折らないで
桑の木が惜しいわけじゃない
兄弟たちがこわいのよ
仲《にい》さんは愛しいけれど
兄弟たちの小言も
やっぱり怖いのよ

将仲子兮
無レ踰二我園一
無レ折二我樹檀一
豈二敢一愛レ之
畏二人之多言一
仲可レ懐也
人之多言
亦可レ畏也

将《ね》がわくは仲子《ちゅうし》
我《わ》が園《その》を踰《こ》ゆる無《な》かれ
我《わ》が樹檀《まゆみ》を折《お》る無《な》かれ
豈《あ》に敢《あ》えて之《これ》を愛《お》しまん
人《ひと》の多言《たげん》を畏《おそ》る
仲《ちゅう》は懐《おも》うべきも
人《ひと》の多言《たげん》
亦《ま》た畏《おそ》るべし

どうか仲《にい》さん
私の果樹園にふみ込まないで
檀《まゆみ》の木を折らないで
檀が惜しいわけじゃない

人のうわさがこわいのよ
仲《にい》さんは恋しいけれど
人のうわさも
やっぱり怖いのよ

❖❖❖❖

▽柳の垣根　「垣根を越える」という表現には夜這いの意味があります。村里に植えた杞《やなぎ》が新緑の芽を吹くころ、生命力に触れた若者たちの情熱も爆発します。結婚には、婚約・結納などなどという礼によって定められた面倒な手続きがあるのですが、そんなものをいちいち待っていられない男たちは、バリバリと囲いを越えて女のところに侵入します。里を越え、牆を越え、庭に植えた樹木を引き倒してやってくる男、女はそんな男の情熱を喜びながらも戸惑いを隠せません。「仲《にい》さんちょっと待って」と女は男にたのみます。「仲さんのことは恋しいけれど、そんな乱暴なやり方はいけません。それじゃあ両親に叱られます。村の噂にもなってしまいます」。

若者は、いつの時代でも規則を無《な》みする力量《パワー》を持ったものですが、「礼」はそれにも増して人々を強く縛る力を持っていました。『詩経』が経典になって後、鄭風は淫風と呼ばれます。そこには儒教の礼節の観点からみれば批判の的になるしかない、古代人の自然で素朴な求愛の姿が詠まれているからです。

▽夜這いの習俗と結婚の儀式　家長制度に基づき、父親の権威を中心とした宗族が確立するのは漢代以降です。一族という観念のなかった古代原始社会は母系制社会でした。結婚は、女性が男性の家に嫁《とつ》ぐのではなく、女性が家を守り、そこに男性が通ってくるものでした。母系制社会が宗族社会に変化するのがいつごろなのか、はっきりしたことは分かっていませんが、『詩経』の中に結婚をうたう歌には、男性方の家に嫁いでいく詩もあれば、このように夜這いを歌う歌もあります。

儒教社会になって後、正式な結婚には六つの決まり事が「礼」として定められます。『礼記』の昏義《こんぎ》などに示される六つの規則とは、以下のようなものです。

一、納采《のうさい》…媒酌の紹介にもとづいて、両家が結婚話を開始する。
二、問名《もんめい》…男性方から女性の名を問う。
三、納吉《のうきつ》…男性方の家で女性の名の吉凶を占い、吉であることを女性方にしらせる。
四、納徴《のうちょう》…正式な結納。

五、請期《せいき》…男性方より女性方の父に婚礼の期日を問う。
六、親迎《しんげい》…結婚当日、男性方の使者が女性を迎えに行く。

結婚は宗族単位の一大行事として、礼制の中にしっかりと組み込まれていくのです。現代社会においても、結納という形で残っているこの結婚の規則は、儒教的「家」の観念にもとづく、しきたりとしてあったものでした。

有女同車

有レ女同レ車
顔如二舜華一
将翺将翔
佩玉瓊琚
彼美孟姜

有女同車《ゆうじょどうしゃ》（鄭風《ていふう》）

女《むすめ》有り　車《くるま》を同《おな》じくす
顔《かお》は舜華《しゅんか》の如《ごと》し
将《は》た翺《こう》し　将《は》た翔《しょう》すれば
佩玉《はいぎょく》は瓊琚《けいきょ》
彼《か》の美《うつく》しき孟姜《もうきょう》

洵美且都　　洵《まこと》に美《び》にして且《か》つ都《と》なり

あの子を誘ってドライブすれば
その顔は朝顔の花のよう
気ままに車を廻《めぐ》らせば
腰に揺れるは瓊琚《たまかざり》
ああ美しい姜姉《ねえ》さん
ほんとに美人でみやびやか

舜華（『毛詩品物図考』）

有レ女同レ行　　女《むすめ》有り　行《こう》を同《おな》じくす
顔如二舜英一　　顔《かお》は舜英《しゅんえい》の如《ごと》し
将翺将翔　　将《は》た翺《こう》し　将《は》た翔《しょう》すれば
佩玉将将　　佩玉《はいぎょく》は将将《しょうしょう》たり

彼美孟姜　　彼《か》の美《うつく》しき孟姜《もうきよう》
徳音不レ忘　　徳音《とくおん》　忘《わす》られず

あの子を誘って道ゆけば
その顔は木槿《むくげ》の英《はな》のよう
気ままに車を廻らせば
腰の佩玉は将将《チャンチャン》と
ああ美しい姜姉さん
やさしい言葉が忘られぬ

❖❖❖❖

▽「徳」はやさしさ　この詩は、美しい女性とのドライブの楽しみを詠った詩です。「孟姜《もうきよう》」は特定の女性を指すのではなく、「孟」は兄弟姉妹の一番上を、「姜」は一般的な女性の代名詞、つまり「姜姉さん」という言い方です。第二章の最後の「徳音」は、

この場合は女性のやさしい言葉です。「徳」は、『詩経』の中では、道徳の徳の意味ではなく、男女間のやさしさや思いやりを言います。後に紹介する「碩鼠《せきそ》」篇・「氓《ぼう》」篇にも、男女間の愛情表現に「徳」の語が使われます。

溱洧

溱与レ洧
方渙渙兮
士与レ女
方秉レ蕑兮
女曰観乎
士曰既且

溱《しん》洧《い》（鄭風《ていふう》）

溱《しん》と洧《い》と
方《まさ》に渙渙《かんかん》たり
士《し》と女《じょ》と
方《まさ》に蕑《かん》を秉《と》る
女曰《じょいわ》く　観《みそぎ》せんかと
士《し》曰《いわ》く　既《すで》にせりと

且往観乎　　且《か》つ往《ゆ》きて観《みそぎ》せん
洧之外　　洧《い》の外《そと》は
洵訏且楽　　洵《まこと》に訏《く》にして且《か》つ楽《たの》し
維士与レ女　　維《ここ》に士《し》と女《じょ》と
伊其相謔　　伊《ここ》に其《そ》れ相《あ》い謔《たわむ》れ
贈レ之以二勺薬一　　之《これ》に贈《おく》るに勺薬《しゃくやく》を以《もつ》てす

溱水と洧水に、いっぱいにあふれる春の水。
男たち女たち、蘭《ふじばかま》を手に祭りに興じる。
「灌《みそぎ》しましょう」と女が言えば、「もうすんだよ」と男の答え。
「一緒に灌に行きましょうよ」
洧水の向こう岸は、ほんとに広くて楽しいところ。
そこで男と女とは、戯れあいじゃれあって、勺薬《くろぐわい》を贈るのだった。

溱与レ洧
瀏其清矣
士与レ女
殷其盈矣
女曰観乎
士曰既且
且往観乎
洧之外
洵訏且楽
維士与レ女
伊其将謔

溱《しん》と洧《い》と
瀏《りゆう》として其《そ》れ清《きよ》し
士《し》と女《じよ》と
殷《いん》として其《そ》れ盈《み》てり
女《じよ》曰《いわ》く　観《みそぎ》せんかと
士《し》曰《いわ》く　既《すで》にせりと
且《か》つ往《ゆ》きて観《みそぎ》せん
洧《い》の外《そと》は
洵《まこと》に訏《く》にして且《か》つ楽《たの》し
維《ここ》に士《し》と女《じよ》と
伊《ここ》に其《そ》れ将《まさ》に謔《たわむ》れ

贈レ之以二勺薬一　之《これ》に贈《おく》るに勺薬《しゃくやく》を以《もっ》てす

溱水と洧水には、深く澄んだ水が溢れる。
男たち女たち、大勢で賑わう。
「灌《みそぎ》しましょう」と女が言えば、「もうすんだよ」と男の答え。
「一緒に灌に行きましょうよ」
洧水の向こう岸は、ほんとに広くて楽しいところ。
そこで男と女とは、戯れあいじゃれあって、
勺薬《くろぐわい》を贈るのだった。

❖❖❖❖

▽三月三日の上巳《じょうし》の禊《みそぎ》　旧暦の三月といえば、雪どけとともに川の水も増し、あちこちに春の気配のきざす季節です。その三月三日、上巳の日、鄭のくにでは人々が溱水《しんすい》と洧水《いすい》という城の南を流れる川のほとりに集まり、禊《みそぎ》の祭りを行います。

「蕑」は蘭、和名はフジバカマ。香り高い蘭は、人の穢れた気を除くものと信じられていました。集まった男女たちは、この蘭をかざして歌舞して遊びます。それは、歌い踊ることによって新しい生命を呼び寄せる招魂続魄《ぞくはく》の行事なのです。一年に一度のこの邪気祓いの行事は、若者にとってはまた最高の解放感にひたることのできる一日でした。歌舞の輪から抜け出した若者たちは、それぞれ手をとりあって川辺や川向こうに恋人をさそい出し、春の新しい息吹の中で、自らの生命力を満喫するのでした。

「観」は「みる」ではなく「灌」、すなわち禊をすること。また「勺薬」は和名クログワイ。強壮剤であり、かつ妊娠生子への願いが込められた呪物《じゆぶつ》です。

◆詩の六義と呪物

詩の六義《りくぎ》とは、『詩経』の表現と内容を表わす六つの定義を言います。それは具体的には「風《ふう》」「雅《が》」「頌《しよう》」「賦《ふ》」「比《ひ》」「興《きよう》」の六つです。この定義は漢代の『詩経』解釈の中で出てきた概念です。

この六つのうち、「風」「雅」「頌」は、『詩経』各篇の分類です。『詩経』全三百十一篇は、国風百六十篇、小雅八十篇、大雅三十一篇、頌四十篇に分類されています。風（国風）は諸侯の国々で歌われたうた、雅（小雅・大雅）は朝廷の楽師によって編成されたもの、頌は宗廟祭祀で歌われる王朝の賛歌、というのが一般的な解釈です。

「賦」「比」「興」は、それぞれの篇の修辞技法を言います。これらがほんらいどんな意味を持ったのかについては、古来様々な説があり、一定しません。古い解釈では、「賦」は比喩を使わないでそのまま述べる方法、「比」は「○○は○○の如し」という直喩、「興」は譬《たと》えを引きつつテーマを導く方法、ということになっていますが、最近の新しい解釈では、もっと古代的呪術性の強い特殊な用法だと考えられています。

日本では、この六義が『古今集』の序に引用されていて、そこでは風を「そへうた」、賦を「かぞへうた」、比を「なずらへうた」、興を「たとへうた」、雅を「ただことうた」、頌を「いはひうた」と言っています。

近年の解釈では、「風」は「凡」の仮借字であり、神降しの意味であること、また、「興」は詩の中に「呪物」と呼ばれる呪術的働きを持つ自然物が詠みこまれていることを言うものだと考えられています。例えば、後に引用する「桃夭」篇には「桃」が詠みこまれていますが、この「桃」は、桃の木そのものを言うだけでなく、桃の木の持つ呪術的作用、例えば邪悪なるものを祓う避邪作用や、その実が酸果樹として持つ妊娠求子の作用が、歌を背後から支えて、歌そのものの中に、呪術的力を与えるものだ、という考えです。

古代には古代独特の習俗がありました。桃、桑、鳥、魚など自然界の動植物は、あるいは死者の霊魂を、あるいは男女の生殖のシンボルを表わす隠語となり、古代習俗を背景とした独特の意味を持つものとして詩に詠みこまれているのです。これらの、古代的習俗を背景に持つ特別な自然物を、呪物と呼びます。

静女

静《せい》女《じょ》（邶《はい》風《ふう》）

静女其姝

静女《せいじょ》其《そ》れ姝《うるわ》し

俟㆓我於城隅㆒
愛而不㆑見
搔㆑首踟蹰

我《われ》を城隅《じょうぐう》に俟《ま》つ
愛《あい》として見《み》えず
首《あたま》を搔《か》きて踟蹰《ちちゅう》す

うるわしき人は姿うつくしく、私を町はずれで待っている。
ぼんやりあたりはほの暗く、頭を搔きつつうろうろと。

静女其變
貽㆓我彤管㆒
彤管有㆑煒
説㆓懌女美㆒

静女《せいじょ》　其《そ》れ變《うつく》し
我《われ》に彤管《とうかん》を貽《おく》る
彤管《とうかん》は煒《い》たり
女《じょ》の美《び》を説懌《えつえき》す

うるわしき人は姿したわしく、私に彤管《つばな》を贈ってくれた。

彤管はつややかに赤く、その人の美しさに心よろこぶ。

自レ牧帰レ荑　　牧《ぼく》より荑《てい》を帰《おく》る
洵美且異　　洵《まこと》に美《び》にして且《か》つ異《い》
匪女之為レ美　　匪《か》の女《じょ》の美《び》を為《な》し
美人之貽　　美人《びじん》の貽《い》なればなり

野で摘んだ荑《つばな》を私にくれた。ほんとにきれいでめずらしい。
その人の美しさだけでなく、その人の贈り物だからこそ。

❖❖❖❖

▽美しい人と花の贈り物　この詩に登場する「静女」は、美しい人。「静」は「静かな」という意味ではなく、「靖」であり、「静女」は「美しい女性」です。そんな美しい女性が、「城《まち》」の「隅《すみ》」で待っている。町の隅は、若者たちの逢引の場所です。そこで

待っていると言われて、男はきっと期待と不安を抱きながら、うきうき出かけていったことでしょう。しかし女性の姿は見当たりません。「愛而不見」の「愛」は、「曖昧《あいまい》」の「曖」、つまりぼんやりしていてはっきり見えないという意味です。夕暮れになり、あたりはほの暗くなってきたのです。待っているはずの女性の姿が見えないことに、焦りと不安を感じた男は、「あたまを掻《か》きつつ踟躕《ちちゅう》する」、つまり所在無くそのあたりをうろうろするしかありません。

しかし、とうとう女性は現れたようです。そしてプレゼントをくれました。それは野に咲く赤いツバナでした。

「彤管《とうかん》」が何を指すのかについては、古来いろんな説があります。「彤」が赤いということは確かなのですが、「管」が何なのかが分かりません。ある人は管だと言い、ある人は笛だと言います。ここでは、「管」は「菅」であると解釈しました。そうすると「彤管」は「赤いツバナ」となり、次の章の「荑」と同じものを指すことになります。「荑《てい》」は強壮剤であり、前に見た「溱洧《しんい》」篇の「勺薬」と同じように、男女が求愛のしるしに相手に贈るものでした。そんな求愛のしるしを贈られて、男は嬉《うれ》しくて仕方がありません。彼女が美しいだけでなく、彼女のプレゼントも、当然いとおしくてならない、そんな気持ちがまるで一コマの劇のように眼の前に浮かびます。

◆『詩経』のテキストと文字の意味

いま、我々の見ることのできる『詩経』は、「毛詩《もうし》」と言って、漢の時代に毛氏（毛亨《もうこう》・毛萇《もうちょう》）がテキスト校訂したものです。『詩経』はもともと歌として歌い継がれてきたものでしたので、それを言葉として文字に定着させようとしたときに、どの文字を当てるかで違いが出ます。また歌い継がれるうちにバリエーションも発生したはずで、そのうちのどれをテキストとするかでも異同が生じます。

漢の初期には毛氏の「毛詩」以外にも、三家詩と呼ばれる三つの別のテキストが存在しました。三家詩とは、㈠斉の轅固生《えんこせい》の「斉詩」、㈡魯の申培《しんばい》の「魯詩」、㈢燕の韓嬰《かんえい》の「韓詩」を言います。

これら四種類のテキストは、後漢くらいまでは並行して使用されていましたが、その後、最終的には「毛詩」以外はみな亡びてしまいました。ですので、今我々が『詩経』と呼ぶものは、この毛氏の校訂した「毛詩」なのです。

そのテキスト校訂の際に、歌に文字を当てるのですが、文字の意味がしっかりと確定するのは、じつは後漢も後半になってからです。それ以前の文字は、いま我々が理解している意味とは全く別の意味を持つことが多くあります。それは、ひとつの文字は、その形象ではなく音が意味を持つことが多くあったからです。それは「仮借《かしゃ》」という呼び方で今でも理解されるように、同じ音は同じ意味だというのが、漢人の常識でした。

例えば「静女」篇の「静」が「静か」の意味ではなく、また「愛」が「愛する」の意味ではないのは、みなこれらの語彙《ごい》が、音に意味を持つ文字であったからなのです。「愛而不見」は「愛《あい》すれども見《み》えず」、「大好きなのに会えない」と解釈したいところです。実際古注と呼ばれる漢代の解釈も、新注と呼ばれる朱熹《しゅき》の解釈も、そのように読んでいました。この「愛」を「愛する」の意味ではなく、「曖昧」の「曖」だと解釈したのは、古代文字学の発展した清朝の学者でした。音を重視する清朝の古代文字学研究によって、『詩経』の文字のより古い意味が明らかになったのです。

◆結婚の成就と破綻を歌ううた

結婚して子供をたくさん産むことが、古代においては女性の最大の幸福でした。しかしそれは順調に成就する場合もあれば、悲しく破綻する場合もあります。

ここでは、『詩経』のなかでも珠玉の一篇である「桃夭」篇をはじめとする結婚の喜びの歌、そして『詩経』唯一の叙事詩とも言われる「氓」篇に代表される破綻の歌を集めました。

桃夭　　桃《とう》夭《よう》（周南《しゅうなん》）

桃之夭夭　　桃《もも》の夭夭《ようよう》たる
灼灼其華　　灼灼《しゃくしゃく》たり其《そ》の華《はな》

之子于帰
宜㆓其室家㆒

之《こ》の子于《ここ》に帰《とつ》ぐ
其《そ》の室家《しっか》に宜《よろ》しからん

桃の木は若々しく、花びらは赤々と輝く。
この子がこうして嫁いでゆけば、家庭はきっとうまくゆく。

桃之夭夭
有蕡其実
之子于帰
宜㆓其家室㆒

桃《もも》の夭夭《ようよう》たる
蕡《ふん》たり其《そ》の実《み》
之《こ》の子于《ここ》に帰《とつ》ぐ
其《そ》の家室《かしつ》に宜《よろ》しからん

桃の木は若々しく、実は大きくふくらむ。
この子がこうして嫁いでゆけば、家庭はきっとうまくゆく。

桃之夭夭
其葉蓁蓁
之子于帰
宜二其家人一

桃《もも》の夭夭《ようよう》たる
其《そ》の葉《は》蓁蓁《しんしん》たり
之《こ》の子《こ》于《こ》に帰《とつ》ぐ
其《そ》の家人《かじん》に宜《よろ》しからん

桃の木は若々しく、青々と葉が茂る。
この子がこうして嫁いでゆけば、家庭はきっとうまくゆく。

❖ ❖ ❖ ❖

▽嫁ぎゆく娘と桃　『詩経』の詩三百五篇の中でいちばん有名なのは、おそらくこの「桃夭」の詩でしょう。嫁ぎゆく若い娘を桃の花になぞらえたかのように、その若々しい明るさと華やかさを、素朴なリズムで歌いあげています。

「夭夭」は若々しい貌《さま》、桃の木は老木ではなく、生命力溢れる若木です。春から初夏にかけて、その花は赤く光り輝くように美しく咲きます。

この詩のテーマは、結婚のめでたさを寿《ことほ》ぐことにあります。この子がこうして嫁いでゆけば、きっとよい家庭を持てるだろう。家の人たちともうまくゆき、子どもを産んで家は栄えるだろう。嫁に行き、子を産み、家が栄えるという女性の最高の幸福を、赤く輝く花、ふっくらとふくらんだ実、そして青々と繁った葉の色どりが、鮮やかなイメージとなって背後から支えています。

しかし、この詩において桃の木は、実はそのような幸福の象徴としてではなく、もっと古代的な呪術的意味合いを持ったものとしてありました。

▽「桃」の興するもの　桃の木は古代においては、一種の邪気ばらいの作用をもつ神木とみなされていました。古い文献には、桃の木を素材として弓を作ったり、桃の木で作った人形を旅に出るものが身に付けたりする習俗が記されています。桃の木は、それ自体が不祥を祓う特別な樹木だったのです。また、その花を服食して長生不死を願ったり、門にはって邪気封じをしたりする習慣は、かなり晩《おそ》くまで残っていたようです。我が国の『古事記』にも、黄泉《よみ》の国から逃れる伊邪那岐命《いざなぎのみこと》が、桃の実を投げつけて黄泉の軍隊を退散させたという故事が載っています。これらはみな、桃の木の呪力を物語るものです。

また、桃の木は、前に述べたように、酸果樹として酸っぱい実のなる樹木です。その実は女性の体を守り、妊娠を助けます。

このように、桃の木は、その樹木も実もともに、邪気を祓い子孫繁栄をもたらす特別な神木です。女性の輿入《こしい》れに当たって、それを歌に詠みこむことによって、この結婚を寿ぎ、繁栄を祈り願う祝頌歌として、「桃夭」篇はその厚みを増すのです。

何彼襛矣

何彼襛矣
唐棣之華
曷不粛雝
王姫之車

何彼襛矣《かひじょうい》（召南《しょうなん》）

何《なん》ぞ彼《か》の襛《しげ》れる
唐棣《とうてい》の華《はな》
曷《なん》ぞ不《か》の粛雝《しゅくよう》たる
王姫《おうき》の車《くるま》

ゆたかに咲き誇る、唐棣《とうてい》の花よ。
おだやかになごやいで進む、姫様《ひめさま》のようなりっぱな車。

何彼襛矣　　何《なん》ぞ彼《か》の襛《しげ》れる
華如㆓桃李㆒　　華《はな》は桃李《とうり》の如《ごと》し
平王之孫　　平王《へいおう》の孫《まご》のごとく
斉侯之子　　斉侯《せいこう》の子《こ》のごとし

ゆたかに咲いた唐棣の、花は桃李の華のよう。
周の平王のまごむすめのよう、斉侯のむすめごのよう。

其釣維何　　其《そ》れ釣《つ》るは維《こ》れ何《なに》をもってす
維糸伊緡　　維《こ》れ糸《いと》　伊《こ》れ緡《よりいと》

斉侯之子　斉侯《せいこう》の子《こ》のごとく
平王之孫　平王《へいおう》の孫《まご》のごとし

魚を釣るには何で釣る？ きぬいとより糸で。
斉侯のむすめごのよう、平王のまごむすめのよう。

❖❖❖❖

▽唐棣の花と王姫　「唐棣《とうてい》」は、三月に赤白の花を咲かせる低木で、和名ザイフリ。その花の咲く季節に「粛雝《しゅくよう》」と和やかに嫁いでゆく娘を歌うのは、前篇の「桃夭」篇と共通します。

各章の後半で、「王姫」「平王の孫」「斉侯の子」とあるのは、すべてある特定の人物を説明するものではなく、これから嫁いでいく娘に対して、「むすめさん」「おひめさま」「おじょうさま」と言っているに過ぎないと考えられます。

▽魚と釣り　また、この詩の第三章には、突然釣りの描写があります。古代歌謡、特に『詩経』において、魚は主に女性をあらわします。当然、魚を釣ることは、男が女を

手に入れることを表わし、それは結婚の隠喩にもなります。この詩の他にも、川に尻尾《しっぽ》を垂らして魚を得ようとするキツネや、川岸からくちばしを川に突っ込んで魚を取ろうとする鳥などが、男が女をねらうことの「興」として『詩経』の中には詠われます。

碩人

碩人其頎
衣レ錦褧衣
斉侯之子
衛侯之妻
東宮之妹
邢侯之姨

碩《せき》人《じん》（衛《えい》風《ふう》）

碩人《せきじん》　其《そ》れ頎《かおよ》し
錦《にしき》を衣《き》て　褧《けい》の衣《ころも》
斉侯《せいこう》の子《こ》
衛侯《えいこう》の妻《つま》
東宮《とうぐう》の妹《いもうと》
邢侯《けいこう》の姨《い》

譚公維私

譚公《たんこう》は維《こ》れ私《し》

うるわしきお方は顔美しく、彩《あや》なす錦《にしき》に単衣《ひとえ》のうちかけ。
斉侯《せいこう》のむすめ御にして、衛侯《えいこう》の妻、
斉の東宮《とうぐう》のいもうと御にして、邢侯《けいこう》夫人のいもうと。
そして譚公《たんこう》は義理の兄にあたられる。

手如㆓柔荑㆒
膚如㆓凝脂㆒
領如㆓蝤蠐㆒
歯如㆓瓠犀㆒
螓首蛾眉
巧笑倩兮

手《て》は柔《やわらか》き荑《つばな》の如《ごと》く
膚《はだ》は凝《こ》りたる脂《あぶら》の如《ごと》し
領《くび》は蝤蠐《しゅうせい》の如《ごと》く
歯《は》は瓠犀《こさい》の如《ごと》し
螓首《しんしゅ》　蛾眉《がび》
巧笑《こうしょう》　倩《せん》たり

美目盼兮　美目《びもく》　盼《へん》たり

その手はやわらかき荑《つばな》の如く、肌は固まった脂《あぶら》の如く、
うなじは白き蝤蠐《すくもむし》、歯はフクベの種のよう。
整った額に蛾《が》の眉毛、
にっこり笑うと愛らしく、美しい目もとのすずやかさ。

碩人敖敖
説㆓于農郊㆒
四牡有驕
朱幩鑣鑣
翟茀以朝
大夫夙退

碩人《せきじん》　敖敖《ごうごう》として
農郊《のうこう》に説《やど》る
四牡《しぼ》　驕《きょう》として
朱幩《しゅふん》　鑣鑣《ひょうひょう》たり
翟茀《てきふつ》　以《もっ》て朝《ちょう》すれば
大夫《たいふ》　夙《つつし》んで退《しりぞ》き

無㆑使㆓君労㆒　君《きみ》をして労《ろう》せしむること無《な》し

うるわしきお方は誇り高く、郊外の農田にて草宿りする。
四頭の牡馬は意気盛ん、赤い轡《くつわ》もはなやかに。
羽飾りの車で御殿に入れば、
つき人たちはかしこみ退き、君がお疲れにならぬよう気遣う。

河水洋洋　河《か》水《すい》は洋洋《ようよう》として
北流活活　北《きた》に流《なが》るること活活《かつかつ》
施㆑罛濊濊　罛《こ》を施《ほどこ》すに濊濊《かつかつ》
鱣鮪発発　鱣鮪《てんい》発発《はつはつ》
葭菼掲掲　葭菼《かたん》掲掲《けつけつ》
庶姜孽孽　庶姜《しょきょう》孽孽《げつげつ》

庶士有朅　　庶士《しょし》　朅《けつ》たり

黄河の水は洋々と溢れ、活活と音を立てて北に流れる。
網をザァッと投げこめば、鱣《ふか》や鮪《しび》がピチピチと。
岸辺にのびる葭《あし》や菼《おぎ》、
女たちは生命力にあふれ、男たちはたくましく。

❖❖❖❖

▽イモムシのようなうなじ　「碩人」篇は、衛の荘公の夫人である荘姜《そうきょう》を詠ったものです。「斉侯の子」「衛侯の妻」であり、「東宮の妹」「邢侯の姨」であり、「譚公は維れ私」というように、荘姜は由緒正しき身分の高い良き血筋の女性です。その荘姜を「碩人」と呼ぶのは、本来は特別な神霊祭祀に、この荘姜が主催として関わったことを意味したのだと考えられます。それは、第二章に「農郊に説《やど》る」とあったり、また「朝」に入って「君」を煩わせぬようにする、などと言ったりする表現から推測できるのですが、しかしこの詩はずっと、荘姜の輿入《こしい》れの詩だと理解されて来ました。それは、最終章に詠

まれる川の流れやそこに泳ぐ魚のピチピチと活気あふれる様子が、先に見た魚の暗喩から も類推できるように、女性の結婚を示唆するからです。今回は、この後者の解釈に加担して、結婚の詩として読んでみました。

さて、荘姜は、斉の公女で、詩に歌うとおり、斉の荘公のむすめ、東宮であった徳臣の妹、そして邢侯・譚公とは義理の姉妹にあたる由緒正しきひめぎみです。ところが、たいそう美しかったにもかかわらず、子供ができなかったため、衛の国に嫁いでからは不遇でした。伝統を重んじる中国では、後継ぎを絶やす不幸は大罪です。子供を産まない女は、それだけで十分離縁される理由になりました。また君主や諸侯は、後継ぎを絶やさぬため、正妻の他に複数の側室を持ちます。そして正妻に子が無く、側室が男児を産めば、正妻はすぐにその位を側室に譲らねばなりませんでした。しかし一方で、この一夫多妻制は大きな混乱を生むきっかけにもなりました。我が子を後継者に立てるため、妻たちやその一族は様々な陰謀を企て、太子の座を奪い取ろうとします。春秋から戦国にかけての国々の争乱は、ほとんどがこの後継者争いに端を発しているといっても過言ではないでしょう。

衛の荘姜の場合もそうでした。正妻の荘姜には子がなく、やがて娶《めと》った陳の公女も子供を産んだのですが、その子はすぐに死にました。次にこの陳夫人の妹が荘公の寵愛《ちょうあい》をうけて子を産むのですが、別に公の愛妾《あいしょう》がまた男児を産みます。二人の子供は荘公の死後に争いをおこし、ともに滅んでしまいます。このように、荘姜は子供がなかったために、荘公の寵愛を妾に奪われ、国内の動乱のために晩年は不遇だったと伝えられます。

しかしこの「碩人」篇は、荘姜の薄幸を詠ったものではなく、斉から衛に嫁いできた時の婚礼のめでたさを詠ったと解釈できます。冒頭の第一章で、荘姜の家柄の良さを詠い、第二章でその容貌《ようぼう》の美しさを形容し、第三章で野に四つ馬を走らせるめでたさを歌い、最終章で河水とそこに跳ねる魚たちを描きます。

注目すべきは、荘姜の健康的な美しさを形容するのに、それが虫や草によって比喩されていることです。「荑《つばな》」は春に咲く新鮮な生命力を譬え、「蝤蠐《すくもむし》」は変態することから再生の象徴となり、また「瓠《ふくべ》」は種が密集してならぶことから子宝を譬え、「螓」も「蛾」も「蝤蠐」と同様に脱皮したり変態したりする不死再生を意味します。これらの虫や植物を譬えとして詠み込むことによって、歌自体の中にそれらの生命力と呪術的な霊力が取り込まれる、これもまた「興」の手法の一つです。

そしてまたこれらの表現は、後世の詩の中にも継承されていきます。唐の白居易の

「長恨歌」に、楊貴妃の美しさを形容して「凝脂」「蛾眉」の語があるのは、この歌に基づきます。

鶏鳴

鶏既鳴矣
朝既盈矣
匪二鶏則鳴一
蒼蠅之声

鶏《けい》鳴《めい》（斉《せい》風《ふう》）

鶏《にわとり》既《すで》に鳴《な》けり
朝《あさ》既《すで》に盈《み》てり
鶏《にわとり》の則《すなわ》ち鳴《な》くに匪《あら》ず
蒼蠅《そうよう》の声《こえ》なり

ニワトリが鳴いているわ。朝がきたみたい。
ニワトリじゃあないよ。ハエの羽音だよ。

東方明矣
朝既昌矣
匪㆓東方則明㆒
月出之光

東方《とうほう》　明《あ》けり
朝《あさ》　既《すで》に昌《さかん》なり
東方《とうほう》の則《すなわ》ち明《あ》くるに匪《あら》ず
月出《つきい》ずるの光《ひかり》なり

東の空が明るいわ。もうすっかり朝だわよ。
東の空が明るいもんか。月の光だよ。

蟲飛薨薨
甘㆓与㆑子同㆑夢
会且帰矣
無㆑庶㆓予子憎㆒

蟲《むし》　飛《と》びて薨薨《こうこう》たり
子《し》と夢《ゆめ》を同《おな》じくするを甘《たの》しむ
会《あ》いて且《まさ》に帰《とつ》がん
予《よ》の子《し》を憎《にく》むを庶《はか》ること無《な》かれ

虫がブンブン飛びだしたわ。あなたと同寝《ともね》は楽しいわ。
あなたにお嫁にゆきましょう。あなたを嫌いになんかならないわ。

❖❖❖❖

▽とも寝の朝　この詩は結婚前夜の男女の楽しみをうたったものです。ニワトリといえば、今では朝の時をつげるものですが、中世では男女の密会の終わりを告げるものとしてよく歌われます。いわゆる後朝《きぬぎぬ》のうたです。この詩においてニワトリの声は、やはり朝の訪れと二人で過ごす夜の終わりを言うものではありますが、『詩経』には結婚と鶏鳴とが結びついた詩が複数あります。おそらく古代の習慣として、結婚前夜の男女が共に夜を過ごし、あさ、祖霊の降臨を待って、それを祖霊に告げ、祝福を受ける、という儀式的要素があったことが想像されます。

碩鼠

碩鼠碩鼠
無㆑食㆓我黍㆒
三歳貫㆑女
莫㆓我肯顧㆒
逝将去㆑女
適㆓彼楽土㆒
楽土楽土
爰得㆓我所㆒

碩《せき》鼠《そ》（魏風《ぎふう》）

碩鼠《せきそ》　碩鼠《せきそ》
我《わ》が黍《きび》を食《く》う無《な》かれ
三歳《さんさい》　女《なんじ》に貫《つか》えしに
我《われ》を肯《あ》えて顧《かえりみ》る莫《な》し
逝《ゆ》きて将《まさ》に女《なんじ》を去《さ》りて
彼《か》の楽土《らくど》に適《ゆ》かん
楽土《らくど》　楽土《らくど》
爰《ここ》に我《わ》が所《ところ》を得《え》ん

でっかいねずみのようなあんた、

私の育てた黍を食べないでおくれ。
三年あんたに仕えたけれど、
私を大事にしてくれなかった。
さあ、あんたなんか棄て去って、
あの楽しい土地に行こう。
楽しい楽しい土地よ、
そこに私の場所があるはずよ。

碩鼠碩鼠　　碩鼠《せきそ》碩鼠《せきそ》
無レ食二我麦一　　我《わ》が麦《むぎ》を食《く》う無《な》かれ
三歳貫レ女　　三歳《さんさい》　女《なんじ》に貫《つか》えしに
莫二我肯徳一　　我《われ》を肯《あ》えて徳《とく》する莫《な》し
逝将去レ女　　逝《ゆ》きて将《まさ》に女《なんじ》を去《さ》りて

適㆓彼楽国㆒　彼《か》の楽国《らくこく》に適《ゆ》かん
楽国楽国　楽国《らくこく》　楽国《らくこく》
爰得㆓我直㆒　爰《ここ》に我《わ》が直《ちょく》を得《え》ん

でっかいねずみのようなあんた、
私の育てた麦を食べないでおくれ。
三年あんたに仕えたけれど、
私に情けをかけてはくれなかった。
さあ、あんたなんか棄て去って、
あの楽しい国に行こう。
楽しい楽しい国よ、
そこで私ものびのびできるはず。

碩鼠碩鼠
無レ食二我苗一
三歳貫レ女
莫二我肯労一
逝将去レ女
適二彼楽郊一
楽郊楽郊
誰之永号

碩鼠《せきそ》　碩鼠《せきそ》
我《わ》が苗《なえ》を食《く》う無《な》かれ
三歳《さんさい》　女《なんじ》に貫《つか》えしに
我《われ》を肯《あ》えて労《ろう》する莫《な》し
逝《ゆ》きて将《まさ》に女《なんじ》を去《さ》りて
彼《か》の楽郊《らくこう》に適《ゆ》かん
楽郊《らくこう》　楽郊《らくこう》
誰《たれ》か之《もつ》て永号《えいごう》せん

でっかいねずみのようなあんた、
私の育てた苗を食べないでおくれ。
三年あんたに仕えたけれど、
私を労《ねぎら》ってはくれなかった。

さあ、あんたなんか棄て去って、
あの楽しい場所に行こう。
楽しい楽しい場所よ、
いつまでも嘆いてなんかいないから。

❖　❖　❖　❖

▽重税に苦しむ人民の詩?　この「碩鼠」一篇は、高校の教科書にも載っていて、重税に苦しむ人民の詩として読まれています。その解釈は以下の通りです。「まるで大きな鼠のような為政者、政治家たちは、私たち民衆が一生懸命に作った作物を勝手に横取りしてむさぼっている。三年間は我慢してあなたに仕えたけれど、戸籍の移動が許される今、安住の地を求めて、もっと良い土地に引っ越そう。そこで楽しく暮らそう」。もっともらしい注釈もついていて、「当時の制度では、三年に一度、戸籍調査が行われ、その時に限って人民の移動が許されたという」とあります。しかし、「当時」というのは何時なのでしょう。三年に一度の戸籍調査は本当にあったのでしょうか。不明です。実はこれは後漢の鄭玄《じょうげん》という学者の説明なのですが、この解釈がとても漢代的、すなわ

ち儒教的なものであることは明白です。

この詩は、三年一緒に暮らした男に対して、女が投げつけた別れの歌です。「碩鼠」は大きなネズミ。ネズミのようにご飯ばかり食べて、女のことを大事にしなかった男を捨てて、もっと楽しい土地に行ってしまおう、と女は歌います。

「顧」「徳」「労」という言葉は、「大事にする」「愛情をかける」「ねぎらう」といった、みな男女間の愛情のことを言う表現です。古代社会では、穀物を育て大地に根を張って生活していたのは女性でした。三年間汗水たらして黍や麦を育て、男を養ってきたのに、男はちっとも女を大事にしない。そんなだらしない男は働き者の女にさっぱりと捨てられてしまうのです。

結婚して子供を産むことは女性にとって最大の幸福でした。しかしどの結婚もうまくいくわけではないことは、現代と同じだったのですね。

「碩鼠」は女が男のもとを去るうたですが、次に見るのは男に捨てられた女の物語です。

氓

氓之蚩蚩
抱レ布貿レ糸
匪二来貿一レ糸
来即レ我謀
送レ子渉レ淇
至三于頓丘一
匪二我愆一レ期
子無二良媒一
将子無レ怒
秋以為レ期

氓《ぼう》（衛風《えいふう》）

氓《ぼう》の蚩蚩《しし》たる
布《ぬの》を抱《いだ》きて糸《いと》に貿《か》う
来《き》たりて糸《いと》に貿《か》うに匪《あら》ず
来《き》たりて我《われ》に即《つ》きて謀《はか》るなり
子《し》を送《おく》りて淇《き》を渉《わた》り
頓丘《とんきゅう》に至《いた》る
我《わ》れ期《き》を愆《あやま》つに匪《あら》ず
子《し》に良媒《りょうばい》無《な》ければなり
将《ねが》わくは子《し》よ怒《いか》る無《な》かれ
秋《あき》を以《もっ》て期《き》と為《な》さん

よそ者男がニヤニヤと、麻布をかかえて生糸と替える。
生糸を買うとは名目だけで、本当は私を誘いに来るの。
あなたを送って淇水《きすい》を渉り、頓丘《とんきゅう》までもついていく。
結婚の約束を延ばすわけではないけれど、あなたにはよい仲人がいないから。
どうぞあなた、怒らないで。秋には必ず参ります。

乗二彼垝垣一　彼《か》の垝垣《きえん》に乗《の》りて
以望二復関一　以《もっ》て復関《ふくかん》を望《のぞ》む
不レ見二復関一　復関《ふくかん》見《み》えざれば
泣涕漣漣　泣涕《きゅうてい》すること漣漣《れんれん》たり
既見二復関一　既《すで》に復関《ふくかん》を見《み》れば

載笑載言　載《すなわ》ち笑《わら》い　載《すなわ》ち言《い》う
爾卜爾筮　爾《なんじ》の卜《ぼく》と爾《なんじ》の筮《ぜい》
體無㆓咎言㆒　體《たい》に咎言《きゆうげん》無《な》くんば
以㆓爾車㆒来　爾《なんじ》が車《くるま》を以《もつ》て来《き》たれ
以㆓我賄㆒遷　我《わ》が賄《わい》を以《もつ》て遷《うつ》らん

町はずれの城壁に登って、復関《ふくかん》の方を眺めやる。
男の姿が見えなくて、涙を流して泣いていた。
男はやっとやってきて、私は嬉しくて笑い出す。
亀や筮竹《ぜいちく》の占いで、結果が悪くなかったならば、
あなたの車で迎えに来てね。荷物をまとめてついてくわ。

二

桑之未㆑落　桑《くわ》のいまだ落《お》ちざるとき

其葉沃若　其《そ》の葉《は》は沃若《よくじやく》たり
于嗟鳩兮　于嗟《ああ》　鳩《はと》よ
無レ食二桑葚一　桑《くわ》の葚《み》を食《くら》う無《な》かれ
于嗟女兮　于嗟《ああ》　女《むすめ》よ
無二与レ士耽一　士《し》と耽《ふけ》る無《な》かれ
士之耽兮　士《し》の耽《ふけ》るや
猶可レ説也　猶《な》お説《と》くべきも
女之耽兮　女《むすめ》の耽《ふけ》るや
不レ可レ説也　説《と》くべからざるなり

桑の葉の落ちる前、その葉はつやつやと輝いている。
でもああ、ハトよ、桑の実を食べすぎてはいけない。
ああ、女よ、男と恋に溺れてはならない。

男は恋に溺れても、正気にもどることができるけれど、
女は情に溺れたら、目を覚ますすべがないものだ。

桑之落矣　桑《くわ》の落《お》ちるや
其黄而隕　其《そ》れ黄《き》ばみ隕《き》ばむ
自二我徂一レ爾　我《わ》れ爾《なんじ》に徂《ゆ》きてより
三歳食貧　三歳《さんさい》　食貧《しょくひん》せり
淇水湯湯　淇《き》水《すい》は湯湯《とうとう》として
漸二車帷裳一　車《くるま》の帷裳《いしょう》を漸《ひた》す
女也不レ爽　女《おんな》は爽《たが》わざるに
士貳二其行一　士《し》は其《そ》の行《こう》を貳《に》にす
士也罔レ極　士《し》は極《きわ》まり罔《な》し
二三二其徳一　其《そ》の徳《とく》を二《に》三《さん》にす

桑の実の落ちる時、その葉は黄ばみしおれる。
あなたのもとに奔《はし》ってより、三年貧しさに耐えてきた。
満々と水を湛《たた》えた淇水の川、車の帷裳《いしょう》をぬらしてまでも渉ってきた。
女の思いは昔のままなのに、男は浮気な振舞いばかり。
男は勝手のし放題、あちらこちらに心変わり。

三歳為レ婦　　三歳《さんさい》のあいだ婦《ふ》と為《な》り
靡二室労一矣　　室労《しつろう》を靡《とも》にす
夙興夜寐　　夙《つと》に興《お》き夜《よわ》に寐《い》ね
靡二有朝一矣　　有朝《あさ》を靡《とも》にす
言既遂矣　　言《ここ》に既《すで》に遂《と》ぐるや
至二于暴一矣　　暴《ぼう》に至《いた》る

兄弟不レ知　　兄弟《きょうだい》は知《し》らずして
咥其笑矣　　咥《き》として其《そ》れ笑《わら》う
静言思レ之　　静《つまびらか》に言《ここ》に之《これ》を思《おも》い
躬自悼矣　　躬《みずか》ら悼《いた》むのみ

三年の間あなたの妻となり、所帯の苦労を共にして、
朝早く起きて夜中に寝、共寝《ともね》の朝を迎えました。
なのにあなたは思いを遂げると、ひどいことをし始める。
兄弟たちは何も知らず、私をバカだとあざ笑うばかり。
つくづく思いかえしてみては、我《われ》と我《わ》が身が傷ましい。

及レ爾偕老　　爾《なんじ》と偕《とも》に老《お》いんとせしに
老使二我怨一　　老《お》いては我《われ》をして怨《うら》ましむ

淇則有レ岸
隰則有レ泮
總角之宴
言笑晏晏
信誓旦旦
不レ思二其反一
反是不レ思
亦已焉哉

淇《き》には則《すなわ》ち岸《きし》有《あ》り
隰《さわ》には則《すなわ》ち泮《つつみ》有《あ》り
總角《そうかく》の宴《えん》たりしとき
言笑《げんしょう》すること晏晏《あんあん》たりき
信誓《しんせい》は旦旦《たんたん》たるに
其《そ》れ反《はん》するを思わず
反《はん》するは是《こ》れ思《おも》わざりき
亦《ま》た已《や》んぬるかな

あなたとともに白髪までと願ったのに、老いては棄てられ怨むばかり。
淇水には岸辺があり、沢には堤があるように、
お嫁に来る前の楽しい暮らし、笑ったりしゃべったりして和やかだった。
そして結婚の時になって、あんなにはっきりと立てた誓い、あなたはその

誓いを果たそうとも思わないのね。ああ、もうどうしようもないわ。

　誓いを果たそうともしない。

❖　❖　❖　❖

▽棄婦の嘆き　「氓《ぼう》」篇は、国風には珍しい長編の叙事詩です。一人の女性が、よそ者男にだまされて、駆け落ち同然についていったはいいものの、三年経つと男に裏切られ、棄てられてしまう。
　すべて女性の立場からうたわれるこの詩には、いくつかの古代的モチーフが詠いこまれています。

　まず冒頭に歌われる「川わたり」です。女性は男を送って淇水を渉《わた》ります。川を渡るという行為は、女性が他家へ嫁ぐことを暗喩します。彼岸という言葉があるように、川に隔てられたあちらとこちらは、ほんらい次元の違う世界だと考えられていました。女性が結婚することは、川を越えて違う次元の世界に行くことだったのではないでしょうか。

　また、中盤に出てくる桑の実の喩《たと》えがあります。桑は蚕《かいこ》を飼うときに餌として与えます。祭服の絹織物を織ることは女性の重要な仕事でしたので、桑を育てること、あるいは桑を摘むことは、女性特有の仕事になりました。漢代楽府の代表作の一つである「陌《はく》上桑《じょうそう》」も、桑摘み女を歌います。ここから、桑そのものが女性の容姿にたとえられ、春には瑞々《みずみず》しかった桑の葉が、秋になると萎《しぼ》み枯れ落ちることで、生活に疲れた女性の容姿の変化を譬《たと》えています。

そして、男の心変わりをいう表現です。三年が我慢の限度、というのは上に見た「碩鼠」と同様です。「碩鼠」では女が愛想を尽かしたのに対して、こちらでは男が心変わりをします。男の心変わりは「其の行を貳にす」「其の徳を二三にす」と表現されます。「徳」は愛情。愛情を一人に注がないで、二人・三人に注ぐのですから、これは浮気です。因《ちな》みに、一人だけを愛するという表現は「其の徳を専一にす（専一其徳）」です。「行いを貳にす」というのも、行動が一途でなく、ふらふらすること、「其の徳を二三にす」と同様の表現です。

「氓」篇は棄てられた女の物語を、実に巧みに描いています。教訓を交えながら、聞く人を楽しませる叙事詩的歌謡は、地方を巡り歩く吟遊詩人の姿を彷彿《ほうふつ》させます。

◈嘆きと悲しみのうた

人生は短い、という歎きは古代にもありました。しかしそれは無常観とは少し異なります。季節は変わってもまた次の歳に新たに春が廻《めぐ》ってくるように、人の命も親から子供へ、子供から孫へと永遠に繋がっていく、というのが古代的時間の流れでした。そんな中で、だったら生きている間に、しっかりと楽しもう、という現在の充実を求める感慨がうまれます。秋の収穫を終えた農閑期に、現世的歓楽を尽くすことをうたう歌を載せました。

また、『万葉集』に防人《さきもり》の歌があるように、『詩経』の中にも遠征に出かけて故郷を思う出征兵士の歎きの歌があります。辛《つら》い兵役は、望郷の念と父母への思い、そして天への呪詛《じゅそ》につながる悲しみの歌を生みました。家族を思う兵士、兵士を気づかう家族の思いをうたった歌は、『詩経』の中でも、とりわけ抒情性に富む珠玉の詩篇となってます。

山有枢

山有レ枢
隰有レ楡
子有二衣裳一
弗レ曳弗レ婁
子有二車馬一
弗レ馳弗レ駆
宛其死矣
他人是愉

山有枢《さんゆうすう》（唐風《とうふう》）

山《やま》に枢《いらぎ》有《あ》り
隰《さわ》に楡《にれ》有《あ》り
子《し》に衣裳《いしょう》有《あ》るも
曳《ひ》かず　婁《ひ》かず
子《し》に車馬《しゃば》有《あ》るも
馳《は》せず　駆《か》らず
宛《えん》として其《そ》れ死《し》せば
他人《たにん》　是《こ》れ愉《たの》しまん

山には枢《いらぎ》、隰《さわ》には楡《にれ》。

衣裳があるのに、着けもせず。
車馬があるのに、走らせもせず。
そのうち死んでしまったら、他人が取って愉《たの》しもうに。

山有レ栲
隰有レ杻
子有二廷内一
弗レ洒弗レ埽
子有二鐘鼓一
弗レ鼓弗レ考
宛其死矣
他人是保

山《やま》に栲《ぬるで》有《あ》り
隰《さわ》に杻《もち》有《あ》り
子《し》に廷内《ていだい》有《あ》るも
洒《そそ》がず　埽《は》かず
子《し》に鐘鼓《しょうこ》有《あ》るも
鼓《う》たず　考《たた》かず
宛《えん》として其《そ》れ死《し》せば
他人《たにん》　是《こ》れ保《たも》たん

山には栲《ぬるで》、隰には杻《もち》。
りっぱな屋敷があるというのに、水撒《ま》きもせず掃きもせず。
鐘や太鼓があるというのに、鼓《う》ちも考《たた》きもしないとは。
そのうち死んでしまったら、他人のものになるだろうに。

山有レ漆
隰有レ栗
子有二酒食一
何不二日鼓瑟一
且以喜楽
且以永レ日
宛其死矣
他人入レ室

山《やま》に漆《うるし》有《あ》り
隰《さわ》に栗《くり》有《あ》り
子《し》に酒食《しゅしょく》有《あ》らば
何《なん》ぞ日《ひ》に鼓瑟《こしつ》せざらん
且《か》つ以《もっ》て喜楽《きらく》し
且《か》つ以《もっ》て日《ひ》を永《なが》くせん
宛《えん》として其《そ》れ死《し》せば
他人《たにん》 室《しつ》に入《い》らん

山には漆《うるし》、隰には栗。
酒も食《さかな》もあるならば、どうして鼓《たいこう》ち瑟《ことひ》きて日々たのしまないのか。
そうやって楽しみ、そしてまた日永《ひなが》に暮らさないのか。
そのうち死んでしまったら、他人が部屋に入ろうに。

❖❖❖❖

▽山に沢に　「山有〇、隰有〇」という歌い出しは、『詩経』に多く見られます。この類型句は、前に引用した「氓」篇にも、「淇則有岸　隰則有泮（淇《き》には則《すなわ》ち岸有り　隰《さわ》には則ち泮《つつみ》有り）」と見えました。

山間と低地には、それぞれその場所にふさわしい樹木が生えている。あるいは川の流れや沢辺にも、岸や堤がある。おそらくこれらは、古代の祭祀における呪術的行為の名残を示す表現だと思われます。神霊をまつる山や谷の聖地に、憑代《よりしろ》として、また供物として捧げられた特別な植物、あるいは水辺の祭壇をうたったものであろうこれらの表現は、変化しながらも類型句として詩歌の中に歌い継がれます。

蟋蟀

蟋蟀在レ堂
歳聿其莫
今我不レ楽
日月其除
無二已大康一
職思二其居一
好レ楽無レ荒
良士瞿瞿

蟋《しっ》蟀《しゅつ》（唐風《とうふう》）

蟋蟀《しっしゅつ》堂《どう》に在《あ》り
歳《とし》聿《ここ》に其《そ》れ莫《く》るる
今《いま》我《わ》れ楽《たの》しまざれば
日月《にちげつ》其《そ》れ除《さ》らん
已《はなは》だ大《おお》いに康《たの》しむ無《な》く
職《つと》めて其《そ》の居《きょ》を思《おも》え
楽《たのしみ》を好《この》むも荒《すさ》むこと無《な》かれ
良士《りょうし》は瞿瞿《くく》たり

蟋蟀《きりぎりす》が堂《たかどの》で鳴いている。今年もやがて暮れゆこう。
今をこそ楽しまなければ、日月は過ぎ去るばかり。
しかし、楽しみに度を過ぎることなく、つとめて自分の勤めを思え。
楽しみもほどほどにせよ。よき士《おのこ》は常にこころをくばるもの。

蟋蟀在レ堂
歳聿其逝
今我不レ楽
日月其邁
無二已大康一
職思二其外一
好レ楽無レ荒
良士蹶蹶

蟋蟀《しつしゅつ》　堂《どう》に在《あ》り
歳《とし》　聿《ここ》に其《そ》れ逝《ゆ》かん
今《いま》　我《わ》れ楽《たの》しまざれば
日月《にちげつ》　其《そ》れ邁《ゆ》かん
已《はなは》だ大《おお》いに康《たの》しむ無《な》く
職《つと》めて其《そ》の外《ほか》を思《おも》え
楽《たのしみ》を好《この》むも荒《すさ》むこと無《な》かれ
良士《りょうし》は蹶蹶《けいけい》たり

蟋蟀が堂で鳴いている。今年もやがて暮れゆこう。
今をこそ楽しまなければ、日月は過ぎ逝くばかり。
しかし、楽しみに度を過ぎることなく、つとめてその外のことも思え。
楽しみもほどほどにせよ。よき士は常に気をくばるもの。

蟋蟀在レ堂　　蟋蟀《しつしゆつ》　堂《どう》に在《あ》り
役車其休　　役車《えきしや》　其《そ》れ休《やす》めり
今我不レ楽　　今《いま》　我《わ》れ楽《たの》しまざれば
日月其慆　　日月《にちげつ》　其《そ》れ慆《す》ぎん
無二已大康一　　已《はなは》だ大《おお》いに康《たの》しむ無《な》く
職思二其憂一　　職《つと》めて其《そ》の憂《ゆう》を思《おも》え
好レ楽無レ荒　　楽《たのしみ》を好《この》むも荒《すさ》むこと無《な》かれ

良士休休　　良士《りょうし》は休休《きゅうきゅう》たり

蟋蟀が堂に鳴く九月、役車《のらぐるま》も今は不要。
今をこそ楽しまなければ、日月は過ぎ去るばかり。
しかし、楽しみに度を過ぎることなく、つとめて先の心配をすることだ。
楽しみもほどほどにせよ。よき士はそうしてゆったりくつろぐ。

❖　❖　❖　❖

▽命あるうちに　ここに挙げた「山有枢」「蟋蟀」二篇は、ともに唐風に収められます。唐とは晋の国の古い国名です。晋の国は春秋戦国期にかけて、強国の一つでしたが、その風俗は「勤倹質朴」つまり真面目で倹約、質素で朴訥《ぼくとつ》であったと伝えられます。しかし、倹約も度が過ぎると吝嗇《りんしょく》になります。使うべき時に使い、楽しむべき時に楽しまなければ、人生は生きた価値がありません。「山有枢」篇は、ゆき過ぎの倹約をからかった詩です。

また「蟋蟀」は、秋の穫《と》り入れも終わり、農閑期に入った農民たちが、節度を守りつつ収穫祭を楽しんでいる詩です。
生きているうちにその生を楽しめ、というテーマは、この後も長く継承されます。中でも最も有名なのは、唐の李白《りはく》の「春夜、桃李《とうり》の園に宴《えん》するの序」の中で、「夫《そ》れ天地は万物の逆旅《げきりょ》、光陰は百代の過客《かかく》なり。而《しか》して浮生は夢の若《ごと》し。歓を為《な》すこと幾何《いくばく》ぞ。古人燭《しょく》を秉《と》りて夜遊びしは良《まこと》に以有《ゆえ》るなり」といわれた「古人」の言、すなわち「古詩十九首」の中の次の詩です。

生年不レ満レ百
常懐二千歳憂一
昼短苦二夜長一
何不二秉レ燭遊一
為レ楽当レ及レ時
何能待二来茲一
愚者愛二惜費一
但為二後世嗤一

生年《せいねん》は百《ひゃく》に満《み》たざるに
常《つね》に千歳《せんざい》の憂《うれ》いを懐《いだ》く
昼《ひる》は短《みじか》くして夜《よる》の長《なが》きに苦《くる》しむ
何《なん》ぞ燭《しょく》を秉《と》りて遊《あそ》ばざる
楽《たの》しみを為《な》すは当《まさ》に時《とき》に及《およ》ぶべし
何《なん》ぞ能《よ》く来茲《らいし》を待《ま》たん
愚者《ぐしゃ》は費《ひ》を愛惜《あいせき》し
但《ただ》後世《こうせい》の嗤《わらい》と為《な》るのみ

仙人王子喬
難レ可ニ与 等レ期

仙人王子喬《せんにんおうしきょう》は
与《とも》に期《き》を等《ひと》しうすべきこと難《かた》し

人の一生は百歳にも満たぬのに、常に千載の憂いに満ちている。昼は短く夜ばかりがいたずらに長いのなら、どうして夜の間にこそ灯をともして遊ばずにおれようか。楽しめる時に楽しむべきだ。来年を待つ必要はない。愚か者は浪費を恐れ、後世の笑いものになるだけ。何百年も生きた仙人の王子喬ほど、人の寿命は永くないのだから。

今をこそ楽しめ、とうたうこの古詩は、その内容とは裏腹に、とてもペスミスチックな悲哀を感じさせます。現実の閉塞《へいそく》感、文化の退廃など、時代背景を反映したこの古詩とくらべてみた時、『詩経』の歌謡の単純ながらも健康的な息吹を感じることができるでしょう。

もう一つ有名なのは、三国時代の曹操《そうそう》の楽府《がふ》「短歌行」です。

対レ酒 当レ歌　酒《さけ》に対《たい》しては当《まさ》に歌《うた》うべし
人生幾何　人生《じんせい》は幾何《いくばく》ぞ
譬如二朝露一　譬《たと》えば朝露《ちょうろ》の如《ごと》し
去日苦多　去日《きょじつ》苦《はなは》だ多《おお》し
慨当二以慷一　慨《がい》して当《まさ》に以《もっ》て慷《こう》すべし
憂思難レ忘　憂思《ゆうし》忘《わす》れ難《がた》し
何以解レ憂　何《なに》を以《もっ》て憂《うれ》いを解《と》かん
唯有二杜康一　唯《た》だ杜康《とこう》有《あ》るのみ

酒を飲んで歌をうたおう。人生は短い。それは朝露のようにはかなく、去りゆく日のみが多いのだ。だったら思いのたけを吐き出すがよい。憂いは簡単には消えない。憂いを消し去ることができるのは、ただ酒だけなのだ。

中国文化の基礎を築いた漢王朝、その体制と文化双方が瓦解《がかい》した漢末に、力強く新しい価値観を主張した曹操は、同じくこのテーマを楽府で歌いました。
古詩が退廃的な厭世《えんせい》観に支配されていたのに対して、曹操のこの楽府は、同じく人生は短い、とうたいながらも、だったら思い切り生きようじゃないか、という意志の力に溢れています。漢王朝の終焉《しゅうえん》から、六朝に向かう時代の流れの中で、『詩経』以来の永遠のテーマもまた、新しい展開を見せるのです。

巻耳

采㆓采巻耳㆒
不㆑盈㆓傾筐㆒
嗟我懐㆑人
寘㆓彼周行㆒

巻《けん》耳《じ》（周南《しゅうなん》）

巻耳《けんじ》を采《と》り采《と》れども
傾筐《けいきょう》に盈《み》たず
嗟《あ》あ　我《わ》れ人《ひと》を懐《おも》いて
彼《か》の周行《しゅうこう》に寘《お》く

ハコベ菜を、摘《つ》んでも摘んでもカゴに満たない。
ああ、あなたのことを思いながら、道の辺《べ》に置く。

陟㆓彼崔嵬㆒　彼《か》の崔嵬《さいかい》に陟《のぼ》れば
我馬虺隤　我《わ》が馬《うま》　虺隤《かいたい》たり
我姑酌㆓彼金罍㆒　我《わ》れ姑《しばら》く彼《か》の金罍《きんらい》に酌《く》みて
維以不㆓永懐㆒　維《ここ》を以《もっ》て永《なが》く懐《おも》わざらん

彼の岩山に登れば、我が馬は病み疲れる。
しばし彼の金罍《きんのかめ》に酒を酌んで、長い憂いから解かれよう。

陟㆓彼高岡㆒　彼《か》の高岡《こうこう》に陟《のぼ》れば
我馬玄黄　我《わ》が馬《うま》　玄黄《げんこう》たり

我姑酌二彼兕觥一　　我《わ》れ姑《しばら》く彼《か》の兕觥《じこう》に酌《く》みて
維以不二永傷一　　維《ここ》を以《もつ》て永《なが》く傷《いた》まざらん

彼の高き丘に登れば、我が馬は疲れ苦しむ。
しばし彼の兕觥《つのさかずき》に酒を酌んで、長い胸の痛みを忘れよう。

陟二彼砠一矣　　彼《か》の砠《しょ》に陟《のぼ》れば
我馬瘏矣　　我《わ》が馬《うま》瘏《や》めり
我僕痡矣　　我《わ》が僕《ぼく》痡《や》めり
云何吁矣　　云何《いかん》ぞ吁《うれ》わしき

彼の岩山に登れば、馬も苦しみ、
僕《とも》も疲れる。この憂い、いかにしようぞ。

巻耳
（潘富俊著、呂勝由撮影『詩経植物図鑑』、貓頭鷹出版社、2001 年）

▽草摘みと登高飲酒　「巻耳」篇は、労役に行った男と、その帰りを待ちわびる妻の思いを、それぞれの立場からうたった歌です。

第一章では女性の草摘みがうたわれます。草を摘み、それを道の傍に置くという行為は、自分の思いを遠く離れた相手に送る魂振《たまふ》りの風俗です。留守を守る女は、夫を思いつつ、春の野辺に出てハコベの葉を摘みます。会いたい思いばかりが先に立ち、なかなかいっぱいにならない花筐を、それでも女は道の辺に置き、夫の無事と再会を祈るのです。

第二章から終章までは、出征した男の立場から、その苦労と憂いとがうたわれます。高い山に登って酒を飲むのは登高飲酒という、これも古代の習俗です。今のように通信手段の発達していなかった古代において、離れ離れになった者たちは、自らの魂を飛ばして旅にある者と交信しました。魂を飛ばすのには高い山が最適です。その頂上に登り、

罍《らい》　酒器
（洛陽市文物工作隊蔵
『中国青銅器全集』第5巻、
文物出版社、1996年）

遥か彼方を望みながら、魂振りをして心を交わせ合いました。
　この登高飲酒の習俗は、後に漢代以降になると、九月九日の重陽《ちょうよう》の節句の行事になりました。旧暦の九月九日、秋が深まり冬の気配が兆すころ、人々は連れ立って高い山に登ります。頭に茱萸《しゅゆ》のかんざしを挿し、菊の花を漬け込んだ酒を飲みながら、遠くにいる家族を思い、また一族の健康を祈るのが重陽節の登高です。

鴇羽

粛粛鴇羽
集二于苞栩一
王事靡レ盬
不レ能レ蓺二稷黍一
父母何怙

鴇《ほう》羽《う》（唐風《とうふう》）

粛粛《しゅくしゅく》たる鴇羽《ほうう》
苞栩《ほうく》に集《とま》る
王事《おうじ》盬《や》むこと靡《な》し
稷黍《しょくしょ》を蓺《う》うる能《あた》わず
父母《ふぼ》何《なに》をか怙《たの》まん

悠悠蒼天
曷其有レ所

悠悠《ゆうゆう》たる蒼天《そうてん》
曷《いつ》か其《そ》れ所《ところ》有《あ》らん

羽音を立てて鴇の鳥は、クヌギの林に止まりやすらう。
王のいくさは休みなく、稷黍を植えるひまもない。
我が父母は何をたのめばよいのだ。
はるかにひろがる青い空よ、いつになったら落ち着けるのだ。

粛粛鴇翼
集二于苞棘一
王事靡レ盬
不レ能レ蓺二黍稷一
父母何食

粛粛《しゅくしゅく》たる鴇翼《ほうよく》
苞棘《ほうきょく》に集《とま》る
王事《おうじ》盬《や》むこと靡《な》し
黍稷《しょしょく》を蓺《う》うる能《あた》わず
父母《ふぼ》何《なに》をか食《くら》わん

悠悠蒼天　　悠悠《ゆうゆう》たる蒼天《そうてん》
曷其有レ極　　曷《いつ》か其《そ》れ極有《きょくあ》らん

羽音を立てて鴇の鳥は、棘《いばら》のしげみに止まりやすらう。
王のいくさは休みなく、黍稷を植えるひまもない。
我が父母は何を食えばよいのだ。
はるかにひろがる青い空よ、いつになったら終息するのだ。

粛粛鴇行　　粛粛《しゅくしゅく》たる鴇行《ほうこう》
集二于苞桑一　　苞桑《ほうそう》に集《とま》る
王事靡レ盬　　王事《おうじ》盬《や》むこと靡《な》し
不レ能レ蓺二稲粱一　　稲粱《とうりょう》を蓺《う》うる能《あた》わず
父母何嘗　　父母《ふぼ》何《なに》をか嘗《な》めん

悠悠蒼天　　悠悠《ゆうゆう》たる蒼天《そうてん》
曷其有レ常　　曷《いつ》か其《そ》れ常《つね》有《あ》らん

羽音を立て鴇のむれは、桑の林に止まりやすらう。
王のいくさは休みなく、稲粱を植えるひまもない。
我が父母は何を口にすればよいのだ。
はるかにひろがる青い空よ、いつになったら定まる世の中。

❖ ❖ ❖ ❖

▽出征兵士の歎き　「鴇羽」篇は、王のいくさに従って家を離れた兵士が、故郷の父母の身の上を心配して嘆いたものです。鴇は野カリ。シュッシュッと羽音を立てて林の木に止まる鳥。鳥は『詩経』においては、本来的には祖霊を表わします。そして鳥が木に止まるというのは、祖霊の降臨をいうものでした。鳥の飛翔や旋回、そして梢《こずえ》に止まるというモチーフは、喜びや悲しみ、怨《うら》みを、降り立った祖先の霊に告げ、加護を求めることからおそらく始まったのだと思われます。

この詩において訴えられているのは、いつ終わるともしれないいくさに駆り出された兵士の、故郷への思いです。故郷には年老いた兵士の父母が、息子の帰りを待ちわびていることでしょう。労働力である自分がこうしていくさに駆り出されている間、畑を耕す者はだれもいない。黍や稷はいったい誰が植えるのだ。父母は何を頼りに、そして何を食べて行けばよいのだ。兵士の行き場のない憤りは、最後には天にむかって吐き出されます。

▽蒼天への訴え　『詩経』の詩篇には、現実世界の歎きや悲しみを、「蒼天」すなわち青い空に向かって訴える句が多くあります。

古代の人々にとって「天」とは、頭上に広がる青い空であると同時に、その下に生きるすべてのものを支配する運命の意味ももっていました。人は過酷な現実や、無情な天災や、また不条理な運命を感じる時、天に向かって呼びかけます。「鴇羽」篇に見た兵役のため父母を養えない兵士の他にも、栄枯盛衰の不条理を目の当たりにした亡国の家臣、重い税金に苦しむ小役人など、現実の苦しみに堪えきれなくなった時、人々はその意味を天に帰し、蒼天に向かって嘆くより外に術《すべ》はなかったのでした。

陟岵

陟㆓彼岵㆒兮
瞻㆓望父㆒兮
父曰嗟予子
行役夙夜無㆑已
上慎㆑旃哉
猶来無㆑止

陟《ちょく》岵《こ》（魏《ぎ》風《ふう》）

彼《か》の岵《こ》に陟《のぼ》りて
父《ちち》を瞻望《せんぼう》す
父《ちち》は曰《い》えり　嗟《あ》あ予《わ》が子《こ》よ
行役《こうえき》には夙夜《しゅくせき》して已《やす》むこと無《な》からん
上《ねが》わくは旃《これ》を慎《つつし》みて
猶《な》お来《き》たれ　止《とど》まる無《な》かれ、と

岩山に登って、故郷の父を遠く望む。

父は言った、「ああ、我が子よ、兵役にいけば集中して怠りのないように。よくよく体に気をつけて、帰って来いよ、止まらずに」。

陟㆓彼屺㆒兮
瞻㆓望母㆒兮
母曰嗟予季
行役夙夜無㆑寐
上慎㆑旃哉
猶来無㆑棄

彼《か》の屺《き》に陟《のぼ》りて
母《はは》を瞻望《せんぼう》す
母《はは》は曰《い》えり　嗟《あ》あ予《わ》が季《き》よ
行役《こうえき》には夙夜《しゅくせき》して寐《い》ぬること無《な》からん
上《ねが》わくは旃《これ》を慎《つつし》みて
猶《な》お来《き》たれ　棄《す》つらるること無《な》かれ、と

緑の山に登って、故郷の母をはるかに望む。
母は言った、「ああ、坊や、兵役にいけば集中して居眠りなんかしてはいけないよ。
よくよく体に気をつけて、帰っておいで、捨てられずに」。

陟二彼岡一兮
瞻二望兄一兮
兄曰嗟予弟
行役夙夜必偕
上慎レ旃哉
猶来無レ死

彼《か》の岡《おか》に陟《のぼ》りて
兄《あに》を瞻望《せんぼう》す
兄《あに》は曰《い》えり　嗟《あ》あ予《わ》が弟《おとうと》よ
行役《こうえき》には夙夜《しゅくせき》して必《かなら》ず偕《とも》にせよ
上《ねが》わくは旃《これ》を慎《つつし》みて
猶《な》お来《き》たれ　死《し》ぬること無《な》かれ、と

高い丘に登って、故郷の兄を遠く望む。
兄は言った、「ああ弟よ、兵役では集中して仲間とうまくやれ。よくよく体に気をつけて、帰って来いよ、死なずにな」。

❖❖❖❖

▽望郷の思い　この歌も、登高と魂振りがテーマです。故郷を離れて兵役に駆り出された兵士は、高い山に登って故郷を思います。同じ山なのに、「岵」と言ったり「屺」

と言ったり「岡」と言ったりするのは、それぞれの章が父を思い、母を思い、兄を思うという形で進むからです。厳格な父を思う時、山は険《けわ》しく、優しい母を思う時、山には緑が繁る。そしてまた、思い出す家族の言葉は、それぞれ父の厳しさ、母のやさしさ、そして兄の思いを伝えています。

「夙夜」は「しゅくや」と読んで朝はやくから夜おそくまで、という意味にも使いますが、『詩経』の中に詠まれる場合は、「しゅくせき」と読んで、恐れ謹んで、という意味で使う場合がほとんどです。家を離れた慣れない兵役生活、家族はみなで心配して、「しゃきっと緊張して、怠けることなく（父）」、「居眠りしないで（母）」、「みなと仲良く（兄）」と、それぞれこの末っ子の坊やに声をかけて送り出したのでした。

蓼　莪　　蓼《りく》　莪《が》（小雅《しょうが》・谷風之什《こくふうのじゅう》）

蓼蓼者莪　　蓼蓼《りくりく》たる莪《が》

匪莪伊蒿　　匪《か》の莪《が》は伊《こ》れ蒿《こう》
哀哀父母　　哀哀《あいあい》たる父母《ふぼ》
生レ我劬労　　我《われ》を生《う》みて劬労《くろう》す

すくすくのびた莪《わかよもぎ》も、おとなになれば蒿《かたよもぎ》。
可哀そうな父母よ、私を産んで苦労して。

蓼蓼者莪　　蓼蓼《りくりく》たる莪《が》
匪莪伊蔚　　匪《か》の莪《が》は伊《こ》れ蔚《い》
哀哀父母　　哀哀《あいあい》たる父母《ふぼ》
生レ我労瘁　　我《われ》を生《う》みて労瘁《ろうすい》す

すくすくのびた莪も、おとなになれば蔚《かたよもぎ》。

可哀そうな父母よ、私を産んで病み疲れ。

缾之罄矣
維罍之恥
鮮民之生
不レ如二死之久一矣
無レ父何怙
無レ母何恃
出則銜レ恤
入則靡レ至

缾《へい》の罄《つ》きるは
維《こ》れ罍《らい》の恥《はじ》
鮮民《せんみん》の生《せい》は
死《し》するの久《ひさ》しきに如《し》かず
父《ちち》無くして何《なに》をか怙《たの》まん
母《はは》無くして何《なに》をか恃《たよ》らん
出《い》でては則《すなわ》ち恤《うれい》を銜《ふく》み
入《い》りては則《すなわ》ち至《した》しき靡《な》し

水汲みの水が尽きるのは、水がめの恥。
たったひとりで生きるより、とっくに死んだ方がまし。

父が無くては何にたよろう、母が無くては何をたのもう。
外に出ては悲しみに満ち、家に居ても寄る辺ない。

父兮生レ我　　父《ちち》や我《われ》を生《う》み
母兮鞠レ我　　母《はは》や我《われ》を鞠《やしな》う
拊レ我畜レ我　　我《われ》を拊《ぶ》し我《われ》を畜《やしな》い
長レ我育レ我　　我《われ》を長《ちょう》じ我《われ》を育《いく》し
顧レ我復レ我　　我《われ》を顧《かえり》み我《われ》を復《ふく》し
出入腹レ我　　出入《しゅつにゅう》に我《われ》を腹《ふく》す
欲レ報ニ之徳一　　之《これ》が徳《とく》に報《むく》いんと欲《ほっ》するに
昊天罔レ極　　昊天《こうてん》は極《きわ》まり罔《な》し

父よ、母よ。私を産み鞠《やしな》い、

私を撫《な》で私を畜《やしな》い、私を育て私をはぐくみ、
ふり返り繰り返し私に注意をはらい、出ても入りても私を抱いてくださった。
この恩に報いんと思った時、天は無情にも父母を召された。

南山烈烈　　南山《なんざん》は烈烈《れつれつ》たり
飄風発発　　飄風《ひょうふう》は発発《はつはつ》たり
民莫レ不レ穀　　民《たみ》の穀《よ》からざる莫《な》きに
我独何害　　我《わ》れ独《ひと》り何《なん》ぞ害《がい》ある

終南山は烈烈と高くそびえ、つむじ風はピューピューと吹きつける。
人はみな幸いに暮らしているのに、私だけなぜ辛いのだ。

南山律律
飄風弗弗
民莫レ不レ穀
我独不レ卒

南山《なんざん》は律律《りつりつ》たり
飄風《ひょうふう》は弗弗《ふつふつ》たり
民《たみ》の穀《よ》からざる莫《な》きに
我《わ》れ独《ひと》り卒《お》えず

終南山は律律とそびえ、つむじ風はビュービューと吹きつける。
人はみな幸いに暮らしているのに、私だけが親孝行を果たしえない。

❖❖❖❖

▽父母を養えぬ嘆き　「蓼莪」篇は、死んでしまった父母に対する思いの溢れる詩篇です。詩人は、兵乱の中に一家離散したか、あるいは軍役についていて、父母を養う事の出来ないまま父母と死に別れた者でしょう。苦労して自分を育ててくれた親を失った悲しみが、四言のリズムに乗って切々と歌い上げられます。

第三章の「缾《へい》」と「罍《らい》」は、酒や水を汲む瓶と、それを満たしておく大甕《おおがめ》を言います。子を養う親というものは、瓶に水や酒を酌みそそぐ甕のように、食べ物や情愛をはてしなく子供に注ぎいれるものであるというのに、今そうやって育ててもらったにも関わらず、子たる自分は生活の苦労に身も心も尽き果てている。せっかく育ててもらったこの身を、こうやって消耗してしまうことは、苦労して私を育てた親に恥をかかせるものだ、と言うのです。

第四章では、「我」の語を九回も繰り返して、子を養う親の情愛を畳みかけるように訴えます。「鞠我」「拊我」「畜我」「長我」「育我」「顧我」「復我」「腹我」は、古今変わらぬ親の姿、大切に、撫でさするように子供を養育する親の姿を描き尽くして、人の胸に強く迫るものがあります。

この「蓼莪」篇は、親を思う子、子を思う親の情を写し取った絶唱として多くの人の心を打ちました。晋の王裒《おうほう》は、父が冤罪《えんざい》で死んだため、『詩経』の講義中、この「蓼莪」篇の「哀哀たる父母、我を生みて劬労す」まで来るたびに、号泣して先が続けられなくなったと言います。また、宋の厳粲《げんさん》はこの一篇を「一片の血涙」と称し、「此の詩を読んで感動せざる者は、人の子に非ず」とまで言ったと伝えられます。

◆恨みと怒りのうた

まっとうに生きようとする人間を、嫉妬《しっと》や愚かさからさまざまに妨害するいわゆる「讒人《ざんじん》」は、どれほど社会が発展しようとも、必ず存在します。後に引く『楚辞』離騒篇は、それを最も強烈に歌い上げたものですが、『詩経』の中にも同様の詩篇がありま す。それは、恨みを超えて、激しい怒りの歌として、強い現実批判の精神を我々に示すものであります。

青蠅

営営青蠅
止二于樊一

青《せい》蠅《よう》（小雅《しょうが》・甫田之什《ほでんのじゅう》）

営営《えいえい》として青蠅《せいよう》は
樊《はん》に止《と》まる

豈弟君子　　豈弟《がいてい》たる君子《くんし》
無レ信二讒言一　　讒言《ざんげん》を信《しん》ずること無《な》かれ

ブンブンうなって青蠅は、樊《まがき》にとまる。
やすらかなる君子よ、讒言を信じてくださるな。

営営青蠅　　営営《えいえい》として青蠅《せいよう》は
止二于棘一　　棘《きょく》に止《と》まる
讒人罔レ極　　讒人《ざんじん》は極《きわ》まり罔《な》く
交二乱四国一　　四国《しこく》を交乱《こうらん》す

ブンブンうなって青蠅は、棘《いばら》にとまる。
讒人の言はやむことなく、くにじゅうをかきみだす。

営営青蠅　営営《えいえい》として青蠅《せいよう》は
止于棘　棘《しん》に止《と》まる
讒人罔極　讒人《ざんじん》は極《きわ》まり罔《な》く
構我二人　我《われ》ら二人《ふたり》を構《かま》う

ブンブンうなって青蠅は、榛《はしばみ》にとまる。
讒人の言はやむことなく、我ら二人の仲を裂く。

❖❖❖❖

▽青蠅《はえ》の意味するもの　ぶうんぶうんと羽音を立てて飛び回る青蠅は、人に嫌われる嫌な虫として、佞人《ねいじん》・讒人にたとえられます。それはうるさくまとわりつき、目の前を行ったり来たりすると、白いものを黒く汚《けが》してしまいます。
いつの世にも権力者のまわりに群らがりつきまとうこれら青蠅のようないじきたない小人どもは、まっとうに生きようとする人生の勇者にとっては、この上なくつまらなく

くだらない最低の人種でした。中国近代の文学者魯迅《ろじん》の評論の中にも、「戦士と青蠅」と題する一篇があります。

……戦士が戦いで死ぬと青蠅《ハエ》たちがまず最初に発見するのは、彼の欠点と傷である。すいつき営営《ぶんぶん》とうなりながら得意になり、死んだ戦士よりも英雄気取りである。しかし戦士はすでに死んでしまっているので、彼らを手で追い払うこともない。そこで青蠅どもはさらにぶんぶんとうなり、それが不朽の音声だと思い込んでいる。なぜなら彼らは完全であり、その点で戦士をはるかに上回っているのだから。

確かに、誰もハエたちの欠点と傷を見た者はいない。しかし、欠点があっても戦士は結局戦士であり、完全であると言ってもハエは結局ハエでしかないのである。

去れ、ハエどもよ。羽があってぶんぶん言ってみたところで、結局は戦士をこえることは出来ないのだ。この虫けらどもめ!

巷伯　巷《こう》伯《はく》（小雅《しょうが》・節南山之什《せつなんざんのじゅう》）

萋兮斐兮　萋《せい》たり斐《ひ》たり
成㆓是貝錦㆒　是《こ》の貝錦《ばいきん》を成《な》す
彼譖㆑人者　彼《か》の人《ひと》を譖《しん》する者《もの》
亦已大甚　亦《ま》た已《すで》に大《おお》いに甚《はなは》だし

貝の模様をなすように、あやどり美しく、あの偽りの言葉を紡ぐ者は、じつにひどい奴。

哆兮侈兮　哆《しゃ》たり侈《し》たり
成㆓是南箕㆒　是《こ》の南箕《なんき》を成《な》す

彼譖レ人者　　彼《か》の人《ひと》を譖《しん》する者《もの》

誰適与謀　　誰《たれ》か適《よろこ》びて与《とも》に謀《はか》る

大声で声高に、口を広げた箕《み》のように、
あの偽り人は、誰彼となく悪い噂を立てる。

緝緝翩翩　　緝緝《しゅうしゅう》翩翩《へんぺん》として

謀欲レ譖レ人　　謀《はか》りて人《ひと》を譖《しん》せんと欲《ほっ》するも

慎二爾言一也　　爾《なんじ》の言《げん》を慎《つつし》めよ

謂二爾不信一　　爾《なんじ》の不《ふ》信《しん》を謂《おも》え

ひそひそと耳元でささやいて、人を貶《おとし》めようと思っているのだろうが、
お前の言葉に気をつけろ。お前の偽《いつわ》りを思うがよい。

捷捷幡幡
謀欲㆓譖言㆒
豈㆑不㆓爾受㆒
既其女遷

捷捷《しようしよう》　幡幡《はんはん》として
謀《はか》りて譖言《しんげん》せんと欲《ほっ》するも
豈《あ》に爾《なんじ》に受《う》けざらんや
既《すで》にして其《そ》れ女《なんじ》に遷《うつ》らん

へらへらと言葉をひるがえして、たくらみを試みても、
人はお前を信じない。それはお前の身に返り及ぶだろう。

驕人好好
労人草草
蒼天蒼天
視㆓彼驕人㆒

驕人《きようじん》は好好《こうこう》たり
労人《ろうじん》は草草《そうそう》たり
蒼天《そうてん》よ　蒼天《そうてん》よ
彼《か》の驕人《きようじん》を視《み》よ

矜二此労人一　此《こ》の労人《ろうじん》を矜《あわれ》めよ

驕《おご》れる人は楽しげに、悩める人は憂いに満ちる。
ああ、天よ。
あの讒人を見よ。この私を憐《あわ》れめよ。

彼譖レ人者　彼《か》の人《ひと》を譖《しん》する者《もの》
誰適与謀　誰《たれ》と適《よろこ》びて与《とも》に謀《はか》る
取二彼譖レ人　彼《か》の人《ひと》を譖《しん》するものを取《と》りて
投二畀豺虎一　豺虎《さいこ》に投畀《とうひ》せん
豺虎不レ食　豺虎《さいこ》　食《く》わざれば
投二畀有北一　有北《ゆうほく》に投畀《とうひ》せん
有北不レ受　有北《ゆうほく》　受《う》けざれば

投㆓畀有昊㆒

有昊《ゆうこう》に投畀《とうひ》せん

あの偽り人は、誰彼となく悪い噂を立てる。
あの偽り人をつかまえて、豺と虎に投げ与えよ。
豺と虎が食わなければ、北の大地に投げ捨てよ。
北の大地が受けつけなければ、天の神の前に投げつけろ。

楊園之道
猗㆓于畝丘㆒
寺人孟子
作㆓為此詩㆒
凡百君子
敬而聴㆑之

楊園《ようえん》の道《みち》は
畝丘《ほきゅう》に猗《よ》る
寺《じ》人孟子《じんもうし》
此《こ》の詩《し》を作為《つく》る
凡百《ぼんびゃく》の君子《くんし》
敬《つつし》んで之《これ》を聴《き》け

楊の園への道は、畝丘から続く。
内に仕えるわたくし孟子が、この詩を作りました。
この世のすべの神々よ、どうかこの訴えをお聞きください。

❖ ❖ ❖ ❖

▽怒りは人を浄化する　政治の腐敗をその内部から、自らの身に害を受けた者の訴えとして暴露した、怒りの詩です。

「譖」は「讒」と同じで、偽《いつわ》り、誹《そし》り、人の評判に悪口や根拠のない噂を立てることであり、「譖人」「讒人」とは、人を貶《おとし》めるために陰で悪口を言い、また主人に媚《こ》び諂《へつら》う者です。それは、ハエのような卑怯《ひきよう》な小人とともに、どんな世の中にも存在する邪悪なる人々です。

この詩では、まずそんな「譖人」に対して、その卑怯な振舞いを批判します。しかし、世の中というものは、必ずしも正しい者の言が聞き入れられるわけではありません。人は往々にして「譖人」の言う事を、好んで受け入れ、全うな人間を排します。この詩を歌った詩人も、卑怯な人間がのさばり、それに苦しめられる状況に対して、現実世界ではその解決策を見いだせませんでした。

しかし詩人は黙って運命に従ったりはしません。一つには蒼天に対して、ちゃんと世の中を観察しろ、苦しむ私を憐れめ、と強い口調で訴えます。同時に、もしも天が裁かないのならば、彼ら「譖人」を山犬に食わせろ、北の大地に打ち捨てよ、と実に激しく糾弾するのです。

この激しい怒りは、例えば国風の周南・召南にはまったく見られないものです。しかし、孔子の『詩経』を評する言葉の中に「以て怨むべし」とあります。批判すべきものを厳しく批判する。怒りの感情は、特に小雅に見られる特徴の一つとも言えるでしょう。怒りは人を浄化します。喜び、悲しみと共に怒りもまた、人が人として持つ全うな感情の一つとして、『詩経』の詩に歌い込まれているのです。

この詩の最終章には、「寺人孟子、此の詩を作為る」という言葉があります。「寺人」とは、宮中に「侍」する人、王の内侍の官です。朱熹《しゅき》はこの詩のタイトルである「巷伯」が、寺人孟子なのだと言います。激しい怒りの言を吐いた寺人孟子は、「凡百の君子」にそれを呈します。「凡百の君子」とは、もともとは一族を守る祖先の霊を指して言いました。ここでは、現実への怒りを詩にして表明した詩人が、神霊と人々とに対して、ともにそれに耳を傾けるよう言葉を発したものだと考えます。

▽天の思想　この詩のちょうどまん中に、「蒼天」に対する悲痛な訴えがあります。頭上に広がる青い空を、『詩経』の詩人は「蒼天」と呼びました。それは、人々の暮しを天上から見守るものであると同時に、時には苛酷な運命への忍従を人々に強いるものでもありました。

そしてまた「天」は、祖先たちの霊魂が昇って行く場所でもありました。天はさらに時代が下ると、天上界、そして地上界の秩序を統べるものとして地上の王者の権威の正統性を保証するものとなっていきます。中国で、王朝の最高権力者を「天子」と呼ぶのは、それが地上の統治者であると同時に、天による正統性の保証を得た者であることを表わしてもいるのです。

天はまさに中国人にとって、信仰とも呼べる宗教性を支える存在として展開していくのです。

◆神祭り・魂祭りのうた

『詩経』の詩篇には、上に挙げたような人々の感情を歌う詩が多くありますが、一方で『詩経』のもう一つの重要な詩篇として、一族、そして王朝の歴史を記し留《とど》めておくものがあります。特に、殷《いん》王朝、周《しゅう》王朝の誕生と繁栄を歌うこと、これは「詩」というものが生まれた一つの重要な要因でした。

ここでは、周王朝の始祖である弃《き》(=棄)の誕生をうたう「生民」、そして殷王朝の始祖の出生譚《たん》をうたう「玄鳥」、そしてご先祖様を祭る祖霊祭の次第を詠った「信南山」を取り上げます。

生民

生《せい》民《みん》(大《たい》雅《が》・生《せい》民《みん》之《の》什《じゅう》)

厥初生レ民
時維姜嫄
生レ民如何
克禋克祀
以弗レ無レ子
履二帝武敏一歆
攸レ介攸レ止
載震載夙
載生載育
時維后稷

厥《そ》れ初《はじ》めに民《たみ》を生《う》みしは
時《こ》れぞ維《こ》れ姜嫄《きょうげん》なり
民《たみ》を生《う》みしは如何《いか》にせし
克《よ》く禋《つつし》み　克《よ》く祀《まつ》り
以《もっ》て子《こ》無《な》きを弗《はら》えり
帝《みかど》の武《ぶ》敏《びん》を履《ふ》みて歆《よろこ》び
介《かい》する攸《ところ》　止《と》まる攸《ところ》
載《すなわ》ち震《みごも》り　載《すなわ》ち夙《しゅく》し
載《すなわ》ち生《う》み　載《すなわ》ち育《はぐく》む
時《こ》れぞ維《こ》れ后稷《こうしょく》なり

そのはじめ（周）人を生んだのは、これぞかの姜嫄《きょうげん》であった。
そもそも如何にしてこれを生んだのかというと、よく謹みよく祀り、そうやって子供のできない災いを払ったのだった。
あるとき天帝の足跡を踏んでこころ喜び、休み留まって、
やがて身ごもり、また謹み、そして生みたまい育てたもうた。
これぞかの后稷《こうしょく》である。

誕弥㆓厥月㆒　誕《ここ》に厥《そ》の月《つき》を弥《お》えて
先生如㆑達　先《ま》ず生《う》まるること達《たつ》の如《ごと》し
不㆑坼不㆑副　坼《さ》けず副《さ》けず
無㆑菑無㆑害　菑《わざわい》無《な》く害《がい》無《な》く
以赫㆓厥霊㆒　以《もっ》て厥《そ》の霊《れい》を赫《あ》きらかにす
上帝不寧　上帝《じょうてい》はそれ寧《やす》んじ
不康㆓禋祀㆒　それ禋祀《いんし》に康《やす》んじ
居然生㆑子　居然《きょぜん》として子《こ》を生《う》ましめり

かくて十月十日の月満ちて、はじめて生まれるや羊のごとく易く、
裂けもせず切れもせず、わざわいもそこないも無く、
不思議な力をあらわした。
上帝は安んじたまい、祭りによって康《やす》んじたまい、
心やすらかに子をもうけさせられた。

誕寘㆓之隘巷㆒　　誕《ここ》に之《これ》を隘巷《あいこう》に寘《お》くに
牛羊腓字㆑之　　牛羊《ぎゅうよう》　腓《さ》けて之《これ》に字《ちちのま》す
誕寘㆓之平林㆒　　誕《ここ》に之《これ》を平林《へいりん》に寘《お》くに
会㆑伐㆓平林㆒　　平林《へいりん》を伐《き》るものに会《あ》えり
誕寘㆓之寒冰㆒　　誕《ここ》に之《これ》を寒冰《かんぴょう》に寘《お》くに
鳥覆㆓翼之㆒　　鳥《とり》　之《これ》を覆翼《ふくよく》す

鳥乃去矣　鳥《とり》乃《すなわ》ち去《さ》るや
后稷呱矣　后稷《こうしょく》呱《こ》たり
実覃実訏　実《ここ》に覃《なが》く実《ここ》に訏《おお》いにして
厥声載レ路　厥《そ》の声《こえ》路《みち》に載《み》てり

さてこの子を狭い巷に捨て置くと、牛や羊はこれをかばって乳をのませた。
これを林に捨て置くと、木こりに見つけられ助けられた。
また、冷たい氷の上に捨て置くと、鳥が羽で覆い暖めた。
そして鳥が飛び立つと、后稷は呱《クワー》と産声を上げた。
その声は長く大きく、路じゅうに響きわたった。

誕実匍匐　誕《ここ》に実《こ》れ匍匐《ほふく》し
克岐克嶷　克《よ》く岐《た》ち克《よ》く嶷《た》つ

以就口食
蓺之荏菽
荏菽旆旆
禾役穟穟
麻麦幪幪
瓜瓞唪唪

以《もっ》て口食《こうしょく》に就《つ》かんとして
蓺《う》うるは之《こ》れ荏菽《じんしゅく》
荏菽《じんしゅく》は旆旆《はいはい》と
禾役《かえき》は穟穟《すいすい》と
麻麦《あさむぎ》は幪幪《もうもう》と
瓜瓞《かてつ》は唪唪《ほうほう》とみのりたり

やがて后稷は腹ばいに這い、そして立ち上がり伸び上がる。自分でご飯を食べるようになると、まず畑に荏菽《まめ》を植えた。荏菽は旆旆《はいはい》と長く伸び、稲は穟穟《すいすい》と穂を垂れ、麻や麦は幪幪《もうもう》としげり、瓜《うり》瓞は唪唪《ほうほう》と実る。

二

誕后稷之穡

誕《ここ》に后稷《こうしょく》の穡《はたけ》つくるや

有㆓相之道㆒　相《たす》けらるるの道《みち》有《あ》るがごとし
茀㆓厥豊草㆒　厥《そ》の豊草《ほうそう》を茀《はら》い
種㆓之黄茂㆒　之《ここ》に黄茂《こうも》を種《たね》まけり
実方実苞　実《ここ》に方《めぶ》き　実《ここ》に苞《ね》づき
実種実褎　実《ここ》に種《ふくら》み　実《ここ》に褎《の》び
実発実秀　実《ここ》に発《ひら》き　実《ここ》に秀《さか》んに
実堅実好　実《ここ》に堅《かた》く　実《ここ》に好《ととの》い
実穎実栗　実《ここ》に穎《たわわ》に　実《ここ》に栗《みの》れり
有㆓部家室㆒　有《か》くて家室《かしつ》を部《やしな》えり

さて、后稷が畑をつくると、まるで神にでも助けられているかのようであった。

繁った畑の草をはらい、ここに黄茂《うつく》しい種をまけば、種は芽ぶき、そして根付き、大きく膨らみすくすく伸びた。
やがて稲穂がひらき実を結び、穂先は堅くよくそろい、ついにたわわに豊かに実った。
后稷はこうやって一家を養ったのだ。

誕降二嘉種一　　誕《ここ》に嘉種《かしゅ》を降《おろ》す
維秬維秠　　維《こ》れ秬《きょ》　維《こ》れ秠《ひ》
維穈維芑　　維《こ》れ穈《もん》　維《こ》れ芑《き》
恒二之秬秠一　　之《こ》の秬秠《きょひ》を恒《あま》ねくし
是穫是畝　　是《ここ》に穫《か》り　是《ここ》に畝《はか》り
恒二之穈芑一　　之《こ》の穈芑《もんき》を恒《あま》ねくし
是任是負　　是《ここ》に任《にな》い　是《ここ》に負《お》って
以帰肇祀　　以《もっ》て帰《かえ》りて肇《ここ》に祀《まつ》る

天帝は嘉《よ》き種を降ろしたもうた。
それはくろきびと、ふたつみのくろきび、またあかあわとしろあわ。
このくろきびを遍《あまね》くまいて、刈取《かりと》り束《つか》ね、
このあかしろのあわを遍くうえて、肩にかつぎ背中に負って、
それらを持ち帰って祭りをおこなう。

誕我祀如何　　誕《ここ》に我《すなわち》祀《まつ》ること如何《いかん》
或舂或揄　　或《ある》いは舂《うすづ》き　或《ある》いは揄《かきと》り
或簸或蹂　　或《ある》いは簸《ぬかふる》い　或《ある》いは蹂《もみふ》み
釈レ之叟叟　　之《これ》を釈《と》ぐこと叟叟《そうそう》
烝レ之浮浮　　之《これ》を烝《む》すこと浮浮《ふつふつ》
載謀載惟　　載《すなわ》ち謀《はか》り　載《すなわ》ち惟《おも》いて

取㆓蕭祭脂㆒　蕭《しょう》と祭脂《さいし》とを取《と》る
取㆑羝以軷　羝《てい》を取《と》りて以《もつ》て軷《は》ぎ
載燔載烈　載《すなわ》ち燔《あぶ》り　載《すなわ》ち烈《や》き
以興㆓嗣歳㆒　以《もつ》て嗣《つ》ぐ歳《とし》を興《おこ》さんとす

さて祭りとは如何《いか》にするのか。
臼で搗《つ》き、それを掻《か》きとり、ヌカをふるってモミガラを取り、
これをシャキシャキと水で研《と》ぎ、フツフツと蒸して炊く。
祭りの日取りを卜い謀り、おもい慎みつつ、
ヨモギと動物の脂を取って合わせる。
牡羊をつかまえて皮を剝《は》ぎ、炙《あぶ》って焼いて供える。
こうやって新しい年を興し迎える。

印盛㆓于豆㆒　　印《わ》れ豆《とう》に盛《も》り
于豆于登　　豆《とう》にもり　登《とう》にもり
其香始升　　其《そ》の香《かおり》　始《はじ》めて升《のぼ》れば
上帝居歆　　上帝《じょうてい》　居《やす》んじて歆《う》けたまう
胡臭亶時　　胡《なん》ぞ臭《かおり》の亶《まこと》に時《よろ》しき
后稷肇祀　　后稷《こうしょく》　肇《ここ》に祀《まつ》り
庶㆑無㆓罪悔㆒　　罪悔《ざいかい》無《な》きを庶《ねが》いてより
以迄㆓于今㆒　　以《もっ》て今《いま》に迄《いた》れり

さてそれを豆《きのうつわ》に盛り、豆に盛り、登に盛り、
その香りが昇り始めれば、上帝も安んじて饗《う》けたまう。
その香りの何とまことにうるわしいことよ。
后稷がこうやって上帝を祀り、罪過無きことを冀《こいねが》ってより、

祭りはずっと守り継がれて、こうやって今に至ったのである。

❖　❖　❖　❖

▽一族の始祖は偉大なる母――高媒《こうばい》　「生民」篇は、周の国の最初の祖先である后稷《こうしょく》（名前は「弃《き》」）の誕生と成長、そして彼の行った農耕事例を歌う、周の一族の誕生と繁栄の物語です。

后稷の出生の不思議について、『史記』は次のように語ります。

周の后稷、名は弃。母親は有邰《ゆうたい》氏のむすめで帝嚳《こく》の正妃であり、名を姜嫄《きょうげん》といいました。ある日姜嫄は野を歩いていて巨人の足跡を見つけました。何となく心楽しくなってこれを踏むと妊娠し、月みちて子供が生まれました。姜嫄ははじめこれを不吉なことだと思い、生まれた子供を道端に捨てておいたところ、牛や馬はみなこれを避けて踏みません。移して林の中においたところ、人通りが急に多くなって拾われます。今度は氷の上に捨てたところ、鳥が飛んできて翼でこれをかばいます。姜嫄はそこで、これは不思議なことだと思い、とうとうこの子をひき取って養う決心をしたのでした。そして、はじめこれを捨てようとしたことから「弃《き》（＝棄）」という名前をつけました。

「生民」篇の初めの四章は、ほぼこの『史記』の内容と同じです。と言うよりも、『史記』の内容と同じです。と言うよりも、『史記』は『詩経』のこの篇に基づいて、姜嫄の捨子譚《たん》を描いたのです。

姜嫄が巨人の足跡を踏んで懐妊したこと、生まれた子供を何度も捨てたこと、これらは、実話ではなく始祖伝説としての神話性を持ったものです。巨人の足跡を踏んだという表現が何を意味するかについては、中華民国初期の詩人聞一多《ぶんいった》が「姜嫄履大人跡考」という非常に面白い論文を書いています。そこでは、『詩経』「生民」篇のこの部分は、高媒《こうばい》（子授けの神）をまつる祭りにおいて、その儀式の中で上帝のカタシロである神戸《みこ》が舞い、姜嫄はその後ろについて、神戸の足跡を踏んで舞った、それが楽しく、神戸とともに連れ立って休み懐妊したのだ、と解釈します。

また、生まれた子供を何度も捨てることも、古代の習俗の一つとしてありました。それは子供の身におこるであろう災いを回避するための再生の儀式の一環なのです。

また、一族の開祖の偉大なる母を「先妣《せんひ》」と言います。この「先妣」は後に、子宝を授ける「高媒」として、子孫の繁栄を見守る神になります。天を祀り、豊作を祈る一族の神霊は、様々な形の神話になって残ります。「生民」篇は、周の一族の始祖とそれを守る神霊を、姜嫄の懐妊、后稷の農耕という形で歌ったものなのです。

▽穀物神としての弃　「生民」篇は、弃の不思議な出生に続いて、弃の農耕の才能を歌います。

成長した弃は、幼いころから特別な才能を発揮します。それは農事に関する能力です。彼が麻や豆を植えると、それらはみな美しくのび、ゆたかに実を結びます。そこで、時の帝であった堯《ぎょう》は、弃を農師（農業を司《つかさど》る長官）に命じ、国の農業を任せます。后稷というのは、ほんらいこの職の長官を指す呼び方だったのですが、弃が后稷になってから、后稷といえばそのまま弃を指すようになりました。こうやって后稷は邰の国に封ぜられ、代々その役職を守っていくことになりました。

▽祭祀の次第と供物　この詩の終盤には祭祀の描写があります。収穫したアワ・キビ・麻・麦などの穀物を、脱穀し臼《うす》で搗《つ》き、

銅盖豆　祭器
（湖北省博物館編『曾侯乙墓』、文物出版社、2007年）

研《と》いで炊《た》いて供えます。また大きな羊の皮を剝《は》ぎ、香り草と一緒に炙《あぶ》ったり焼いたりして供えます。供え物は「豆」「登」といった特別の器に盛りつけます。その香りが立ち上り、ご先祖様の霊が降臨します。その祖霊に対して、収穫を感謝し、次の歳の実りを祈り、一族の繁栄の加護を求めるのです。因《ちな》みに、「豆」「登」という漢字は、もともとこの供え物用の祭器を象《かたど》った象形文字です。「まめ」、あるいは「登る」の意味は、あとからこの文字に仮託されたものです。

『詩経』には、国風にみられるような、集団歌謡、季節の祭りや祖先の祭りに皆で集まって歌いあう歌が多くありますが、大雅や頌に収められる詩篇はどれも長編であり、一族の歴史や祖先の功績を、叙事詩風に詠んだものが大半です。『詩経』の真面目は、実はこの堂々たる長編にあったのでした。

玄鳥

玄《げん》　鳥《ちょう》（商頌《しょうしょう》）

天命㆓玄鳥㆒　天《てん》　玄鳥《げんちよう》に命《めい》じ
降而生㆑商　降《くだ》りて商《しよう》を生《う》ましめ
宅㆓殷土芒芒㆒　殷《いん》の土《つち》の芒芒《ぼうぼう》たるに宅《お》らしむ
古帝命㆓武湯㆒　古《いにし》え帝《てい》は武湯《ぶとう》に命《めい》じ
正㆓域彼四方㆒　彼《か》の四方《しほう》を正域《せいいき》せしめ
方命㆓厥后㆒　方《あまね》く厥《そ》の后《きさき》に命《めい》じ
奄㆓有九有㆒　九有《きゆうゆう》を奄有《えんゆう》せしむ

天は玄鳥に命じて、地上に降りて商の国の始祖を生ませ、茫茫《ぼうぼう》と広がる殷の土地に住まわせた。むかし天帝は武功のある湯王に命じて、大地の区画を正しく定め、全国を保有させた。

商之先后
受レ命不レ殆
在二武丁孫子一
武丁孫子
武王靡レ不レ勝
龍旂十乗
大糦是承

商《しょう》の先后《せんこう》
命《めい》を受《う》けて殆《おこた》らず
武丁《ぶてい》の孫子《そんし》に在《あ》る
武丁《ぶてい》の孫子《そんし》
武王《ぶおう》の勝《か》たざる靡《な》し
龍旂《りようき》　十乗《じゆうじよう》
大糦《たいき》　是《こ》れ承《すす》む

商の歴代の先王たちは、この天命を受けて怠ることなく、武丁の子孫としての誇りを持ち続けた。

武丁の子孫である現在の王も、武勲ある湯王同様に勇ましく、十台の馬車に龍の旗をたなびかせ、ご先祖様への供物を捧げる。

邦畿千里
維民所レ止
肇二域彼四海一
四海来仮
来仮祁祁
景員維河
殷受レ命咸宜
百禄是何

邦畿《ほうき》　千里《せんり》
維《こ》れ民《たみ》の止《と》まる所《ところ》
彼《か》の四海《しかい》を肇域《ちょういき》するに
四海《しかい》より来《き》たり仮《ことほ》ぐ
来《き》たり仮《ことほ》ぐこと祁祁《きき》として
景員《けいいん》　維《こ》れ河《か》たり
殷《いん》の命《めい》を受《う》くるや咸《み》な宜《よろ》しく
百禄《ひゃくろく》を是《こ》れ何《にな》う

王のみやこは千里四方、そこには人々が安らぎ住まう。
四つの海の境界を定め、海外からも朝貢の客がやってくる。
やってくる客はさかんに褒《ほ》め称《たた》え、まるで河の如くにおしよせる。
殷のくにが天命をうけたことは、すべてよきこと。もろもろの幸をここに受けるのだ。

❖❖❖❖

「生民」篇が周の始祖の誕生を詠ったのに対して、「玄鳥」篇は商、すなわち殷の始祖がツバメであったことからうたい始めます。

▽殷の始祖はツバメ

こちらも司馬遷の『史記』によると、殷の始祖は契《せつ》といい、母は有娀氏《ゆうじゆう》のむすめ簡狄《かんてき》でした。ある日、川で水浴びをしていると、玄鳥《つばめ》が一羽飛んできて卵を落としていきました。簡狄がこれをひろって呑《の》むと、体に喜ばしいきざしを感じて子供を宿しました。やがて月みちて生まれたのが契だといいます。ツバメは、おそらく殷人のトーテムだったのでしょう。

「玄鳥」篇は、このあと殷（商）王朝をひらいた湯王《とうおう》の功績と、その湯王の後を継いだ子孫たちの発展とを詠います。

閟宮

閟宮有侐
実実枚枚
赫赫姜嫄
其徳不レ回
上帝是依
無レ災無レ害
弥レ月不レ遅
是生二后稷一
降二之百福一
黍稷重穋

閟《ひ》　宮《きゅう》（魯頌《ろしょう》）

閟宮《ひきゅう》　それ侐《きょ》く
実実《じつじつ》として枚枚《ばいばい》たり
赫赫《かくかく》たる姜嫄《きょうげん》
其《そ》の徳《とく》　回《たが》わざれば
上帝《じょうてい》　是《ここ》に依《よ》りたまう
災《わざわい》無《な》く害《そこない》無《な》く
月《つき》を弥《お》えて遅《おく》るることなく
是《ここ》に后稷《こうしょく》を生《う》みたまい
之《ここ》に百福《ひゃくふく》を降《お》ろしぬ
黍稷《しょしょく》に重穋《ちょうりく》あり

稙穉菽麦　稙穉《ちょくち》なる菽麦《しゅくばく》
奄二有下国一　下国《かこく》を奄有《えんゆう》し
俾二民稼穡一　民《たみ》をして稼穡《かしょく》せしむ
有レ稷有レ黍　稷《しょく》有《あ》り黍《しょ》有《あ》り
有レ稲有レ秬　稲《とう》有《あ》り秬《きょ》有《あ》り
奄二有下土一　下土《かど》を奄有《えんゆう》し
纘二禹之緒一　禹《う》の緒《しょ》を纘《つ》ぎぬ

閟《しず》もれる宮《みたまや》はそれ清浄に、実実《おごそか》にして枚枚《うるわ》し。
赫赫《かがや》かしきは姜嫄《きょうげん》、その徳たがうことなければ、
上帝もここに依《よ》りたもうて、（周の先祖后稷をみごもらせたもうた）。
（姜嫄の出産は）災《わざわい》なく害《そこない》なく、（身ごもりの）月をおえて遅れることなく、
ここに后稷を生みたまい、（上帝は）ここに百たりの福禄を下したもうた。

黍《もちきび》・稷《うるちきび》には重《おくて》と穋《わせ》があり、稙《はやまき》・穉《おそまき》の菽《まめ》や麦。
それら五穀は国じゅうを奄《おお》いつくし、后稷は民草に稼《うえつけ》と穡《とりいれ》とを教えた。
稷あり黍あり、稲あり秬《くろきび》あり、
それらは国じゅうを奄《おお》いつくし、（こうやって農業の技によって后稷は）禹の大業を継いだのだった。

后稷之孫
実維大王
居二岐之陽一
実始レ翦レ商
至二于文武一
纘二大王之緒一
致二天之届

后稷《こうしょく》の孫《まご》は
実《こ》れぞ維《こ》れ大王《だいおう》
岐《き》の陽《よう》に居《お》りて
実《ここ》に商《しょう》を翦《ほろ》ぼすことを始《はじ》めり
文武《ぶんぶ》に至《いた》りて
大王《だいおう》の緒《しょ》を纘《つ》ぎて
天《てん》の届《とが》を

于牧之野㆒　牧《ぼく》の野《や》に致《くだ》せり
無㆑貳無㆑虞　貳《ふたごころ》ある無《な》かれ　虞《はかりごと》する無《な》かれ
上帝臨㆑女　上帝《じようてい》　女《なんじ》に臨《のぞ》みたまえば
敦㆓商之旅㆒　商《しよう》の旅《りよ》に敦《せま》り
克咸㆓厥功㆒　克《よ》く厥《そ》の功《こう》を咸《な》しとげぬ
王曰叔父　王曰《おういわ》く　叔父《しゆくほ》よ
建㆓爾元子㆒　爾《なんじ》が元子《げんし》を建《た》てて
俾㆑侯㆓于魯㆒　魯《ろ》に侯《こう》とせしめよ
大啓㆓爾宇㆒　大《おお》いに爾《なんじ》が宇《う》を啓《ひら》き
為㆓周室輔㆒　周室《しゆうしつ》の輔《ほ》と為《な》れよ、と
（以下略）

后稷の孫《ちすじ》は、これぞかの大王、
岐山の陽《みなみ》にあって、ここに商を翦《ほろ》ぼすきざしをおこした。

文王・武王に至って、大王の緒《しごと》を継いで、
天の命ずる届《とが》めを、牧野において（紂王に）致した。

（武王は言った）「ふたごころあるなかれ、虞《はかりごと》するなかれ。上帝汝を見守りたもうゆえに」と。

商の旅《つわもの》に敦《せま》りゆき、よくその功《いさお》を成しとげた。

（成王は言った）「叔父（周公）よ、お前は汝の元子《うえのこ》を立て、魯公《ろこう》とさせるがよい。

大いに汝の宇《くに》を啓いて、周王室の輔《たす》けとなるのだ」と。

❖❖❖❖

▽魯の国の歴史　「生民」篇では周の国の開祖である后稷の誕生が詠われました。その後、周室の子孫の一人である周公旦《しゅうこうたん》が魯公《ろこう》に封ぜられる、その経緯を歌うのが、魯の国のほめうたである「魯頌」の「閟宮」篇です。
周の開祖后稷の子孫たちは、代々よく国をおさめました。禹《う》の立てた夏王朝が湯王に

よって滅ぼされ、その湯の開いた殷（商）王朝も末期にさしかかったころ、周の国には后稷から数えて第十三代目の王、古公亶父《たんぽ》が立ちます。詩に詠われる「大王」とは、この古公亶父のことを言います。

そのころ、周の国の都は豳《ひん》の地方でしたが、大王古公亶父はこの地を去り、岐山《きざん》のふもとに移り住みます。周の国力は、以後この土地で養われることになります。古公亶父は優れた人物だったので、多くの人々がその人徳を慕って岐山の地に集まりました。

大王には三人の息子があり、このうち末子は季歴《きれき》といい、その季歴の息子は昌《しょう》といいました。昌は幼いころから非常に有能だったので、大王からも期待されていました。しかし昌が王となるためには、父の季歴が大王の後を継がなければなりません。大王の心中を見ぬいた、季歴の二人の兄たちは、弟に王位を継承させるため、国を去り南方に身を隠し、入れ墨、断髪して自ら相続権を放棄したといいます。入れ墨、断髪は、文明の否定、自ら文化を放棄した野蛮人になったことを表わします。

こうやって大王の後、季歴を経て王位は昌に受け継がれました。この昌こそ、殷（商）の紂王《ちゅうおう》を倒して周王朝を開いた武王の父、文王《ぶんおう》なのです。

文王が薨《こう》じ、息子の武王が立ち、殷（商）の紂王を牧野で打ち破ります。詩ではこの戦いが、天の命を受けた正当な戦いであったことを宣揚すると同時に、周王朝開設の基となった国力の充実が、文王の祖父大王古公亶父によるものであったことを歌っています。それは、一族の歴史が王朝の正統性につながる儒教思想の古代国家論にも結びつく、血統の重視、宗族の重視を端的に物語るものでもあるのです。

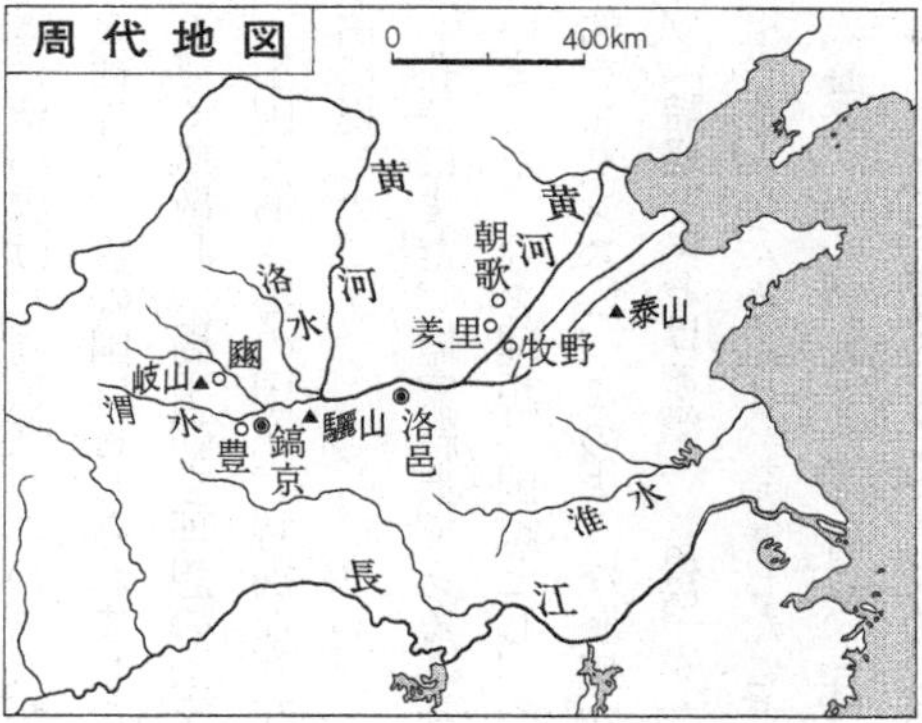

▽文王と周公旦、そして儒家経典　殷（商）と周とが、王朝としてその一族の歴史、国の歴史を寿《ことほ》ぐのは当然のことですが、魯といういわば小国が、それらと並んで国の歴史を「頌」という形で寿ぐのはいったい何故なのでしょうか。

それは、ここに歌われる周公旦その人こそ、孔子も夢に見た儒家の理想の人物だからです。儒教で聖人と呼ばれる人は三人しかいません。それは、文王と周公と孔子です。儒家を体系化した孔子と、孔子が憧れ理想とした文王、そして文王の教えを書き留め広げた周公旦、この三人が儒教の聖人なのです。周公旦は、武王の息子の成王を補佐し、魯の国に封じられました。魯の国に生まれた孔子は、先賢である周公旦を限り無く尊敬し、周王朝を理想の国家とし、その基礎を築いた文王を聖人と崇《あが》めました。

小国である魯の国が、特別な存在として『詩経』の中に頌を歌うのは、このような理由に拠るのです。

孔子はまた、儒家経典である『易』や『尚書』は文王・周公が書いたものだと考えていました。周を理想の国家とし、それを記録した経典を尊ぶという儒教のもっとも基本的なスタンスは、このような歴史から生まれます。

▽『詩経』における頌

魯頌の「閟宮」篇は、このあと、魯の国が天に守られて栄え、祖先をきちんと祀り、発展したことを詠います。

『詩経』の『詩経』たる所以《ゆえん》、『詩経』の中で最も重要なのは、実は国風ではありません。国風は比較的短く、抒情的であり、読みやすいため、特に近代以降は『詩経』研究の中心におかれて来ました。そこに歌われる古代の人々の喜怒哀楽は、多少質を異にしながらも、われわれ現代人に直接届く抒情性を持っています。古代の歌謡集として『詩経』を読もうとするならば、当然国風に重点が置かれることは当然でしょう。

しかしながら、『詩経』の真骨頂は、じつはこの頌、そして次には大雅に歌われる、国の歴史、一族の歴史の宣揚にこそあります。それは歌謡としては長編であり、個別であり、かつ誇張と粉飾の多い儀式的な歌謡であることから、誰が読んでも感動する種類のものではありません。しかし、このような儀式における大規模な王朝の宣揚、一族の称賛こそが、古代歌謡としての『詩経』の最も重要な存在意義だったことも忘れてはならないと思います。

信南山

信彼南山
維禹甸レ之
畇畇原隰
曾孫田レ之

信《しん》南《なん》山《ざん》（小雅《しようが》・谷風之什《こくふうのじゆう》）

信《しん》たる彼《か》の南山《なんざん》
維《こ》れ禹《う》　之《これ》を甸《おさ》む
畇畇《いんいん》たる原隰《げんしゆう》
曾孫《そうそん》　之《これ》を田《たがや》す

我疆我理　我《わ》れ疆《きょう》し我《わ》れ理《り》し
南㆓東其畝㆒　其《そ》の畝《うね》を南東《なんとう》にす

たかくそびえる終南山は、彼《か》の禹《う》がこの土地を治めたのだった。
広々と開墾された小高い丘と低湿地は、その子孫たちがこれを田地に変えた。
こうやって田畑を区切り、溝を定め、その畝《うね》を南に東に走らせた。

上天同レ雲　上天《じょうてん》に雲同《くもあつま》り
雨レ雪雰雰　雪《ゆき》の雨《ふ》ること雰雰《ふんぷん》たり
益レ之以㆓霢霂㆒　之《これ》に益《ま》すに霢霂《ばくぼく》を以《もっ》てし
既優既渥　既《すで》に優《ゆう》に既《すで》に渥《あつ》し
既霑既足　既《すで》に霑《うるお》い既《すで》に足《た》り

生二我百穀一　我《わ》が百穀《ひゃくこく》を生《しょう》ず

（冬には）空に黒雲が集まったかと思うと、雰雰《ふんぷん》と飛ぶように雪が降る。
加えて（春には）小雨がそそぎ、ゆたかにゆたかに地は潤う。
たっぷり水を含んだ大地から、こうやって多くの穀物が生《お》い出《い》でた。

疆場翼翼　疆場《きょうえき》は翼翼《よくよく》たり
黍稷或或　黍稷《しょしょく》は或或《いくいく》たり
曾孫之穡　曾孫《そうそん》の穡《しょく》
以為二酒食一　以《もっ》て酒食《しゅしょく》を為《つく》り
畀二我尸賓一　我《わ》が尸賓《しひん》に畀《あた》う
寿考万年　寿考万年《じゅこうまんねん》

疆《さかい》も場《あぜ》もよく整い、黍《きび》も稷《うるちきび》も盛んに茂った。子孫である我々のこの収穫で、酒やご馳走を作り、我が尸《かたしろ》や賓客に与えよう。（そうすれば祖先の霊もよろこびたまい）我々に万年の長寿を祝福してくれるだろう。

中田有レ廬　　中田《ちゆうでん》に廬《ろ》有《あ》り
疆場有レ瓜　　疆場《きようえき》に瓜《うり》有《あ》り
是剝是菹　　是《こ》れ剝《はく》し是《こ》れ菹《そ》とし
献二之皇祖一　　之《これ》を皇祖《こうそ》に献《けん》ず
曾孫寿考　　曾孫寿考《そうそんじゆこう》
受二天之祜一　　天《てん》の祜《さいわい》を受《う》く

畑の中には大根が、畦道《あぜみち》には瓜《うり》がなる。

皮をむき漬物にして、これを大いなる祖先に献じる。（そうすれば祖先の霊もよろこびたまい）子孫たちは長寿にめぐまれ、天の幸いを受けるであろう。

祭以㆓清酒㆒
従以㆓騂牡㆒
享㆓于祖考㆒
執㆓其鸞刀㆒
以啓㆓其毛㆒
取㆓其血膋㆒

祭《まつ》るに清酒《せいしゅ》を以《もつ》てし
従《したが》うに騂牡《せいぼ》を以《もつ》てし
祖考《そこう》に享《きよう》す
其《そ》の鸞刀《らんとう》を執《と》り
以《もつ》て其《そ》の毛《け》を啓《つ》げ
其《そ》の血膋《けつりよう》を取《と》る

祭りにはまず鬱鬯《うつちよう》を地に灌《そそ》ぎ、それから赤牛を引き出して、これらを祖先に供え奉《ささ》げる。

鈴の刀を手にとり、（牛を裂いて）その毛色の純を告げ、その血と脂《あぶら》を取る。

是烝是享　　是《こ》れ烝《すす》め是《こ》れ享《きょう》せば
苾苾芬芬　　苾苾《ひつひつ》芬芬《ふんぷん》たり
祀事孔明　　祀事《しじ》孔《はなは》だ明《あき》らかに
先祖是皇　　先祖《せんぞ》是《こ》れ皇《お》りたまい
報以二介福一　　報《むく》いるに介福《かいふく》を以《もっ》てし
万寿無レ疆　　万寿《まんじゅ》疆《きわま》り無《な》し

こうやって供物を薦め供えれば、香りはさかんに満ち溢れる。祭事のすべてはりっぱに整い、祖先はかくて降臨し、我々に大いなる幸いをもって答えたまい、限り無い長寿をめぐみたまう。

❖❖❖❖

▽**収穫の喜びと宗廟の祭り**　「信南山」篇は、宗廟《そうびょう》の祭祀を詠ったものです。古代社会においては、ご先祖様をお祭りする祖霊祭祀は、一族の最も重要な儀式でした。特に秋の収穫を感謝する「嘗《じょう》」の祭りは、大変重要な行事であり、盛大に行われました。

祭りの順序は以下の通りです。

一、まず鬱金草《うっこんそう》という香草を混ぜて強い香りをつけた鬯酒《ちょうしゅ》を地面に灌《そそ》ぎ陰《いん》の気に神を求めます。地は陰陽の陰であり、鬯酒の香りが地の底まで沈み込み、陰の気を呼び起こします。

二、次に、いけにえの牛を引き入れ、その耳を先に供えた後、鸞《らん》の形の鈴をつけた刀で牛を切り裂き、その血と脂をとって供えます。いけにえの牛は、このあと俎《まないた》の上で、爛肉《ゆでにく》と腥肉《なまにく》とにされて供えられます。

三、次に、いけにえの腸の脂で染めた蕭草《しょうそう》を黍稷《こくもつ》と合わせて焼き、陽《よう》の気に神を求めます。匂いは天、つまり陰陽の陽にのぼることによって陽の気を呼び起こします。

古代においては、人は死ぬとその魂《たましい》は天（陽）に、魄《にくたい》は地（陰）に帰ると信じられていました。そこで、神を祭る際には、地に酒を灌ぎ、天に香りを上らせることにより、祖先の魂魄を陰陽に求めたのでした。

「信南山」一篇は、まずその土地を開墾し田畑に変えた祖先の禹の偉業、そしてそれを受け継ぐ子孫の治田の功績を詠います。そして次に、今年の収穫と、雨にめぐまれた豊作を述べ、収穫といけにえを供えての祭りの展開になります。

堂々たるこの祭りの次第を行うのは周王朝の天子であったでしょうし、それをこの華麗な祝辞に歌い上げたのは、時の詩人だったでしょう。この詩は、祖先である禹の偉業に対する尊敬と、その子孫であることの誇りに満ちており、豊かな収穫に支えられた秋の祭りのめでたさにあふれています。

『楚辞』

曾侯乙墓内棺の文様（湖北省博物館）

『楚辞』とは

『楚辞』とは何か、ということを説明するのは非常に大変な作業です。なぜならば、いま現在見ることのできるどの解説書を見ても、まずそれは「楚《そ》の屈原《くつげん》のうたったものだ」と書いてあります。しかし私自身を含めて、『楚辞』を専門的に研究している人間は、そのほとんどが『楚辞』と屈原を直接的に結びつけることに大きな疑問を持っているからです。さらに、では屈原でなければ誰がそれを、そしていつ作ったのか、という事に関しては、確かなことは何も言えないからです。

また、『楚辞』とよばれるこの歌謡が、歌なのか詩なのか、あるいは台詞《せりふ》なのか、その全体像は概括的に捉《とら》えることができるものなのか、それをはっきりと説明することは、まだ誰にもできないからです。

しかし、後漢の時代に王逸《おういつ》の編纂した『楚辞章句』十七巻という『楚辞』の最も古いテキストが編まれてより、歴代の文人詩人たち、そして人生の岐路あるいは苦境に立たされた人々に、『楚辞』は大きな共感と慰藉《いしゃ》とを与え続けてきました。経典となった『詩経』同様に、いやある意味『詩経』以上に、『楚辞』は多くの読者を獲得してきたのです。

成立の経緯や背景、そして確かな読みさえ不確定のままであるにも関わらず、途切れることなく読み継がれてきた『楚辞』、その魅力の一端をご紹介できればと思います。

楚の歌としての楚辞

まず『楚辞』を、一般的な呼び方としての楚辞と、書物としての『楚辞』とに分けてお話ししたいと思います。一般的な呼び方として、楚辞とは、楚の歌という意味でとらえて良いと思います。

古代、楚と呼ばれた国とその周辺、最近では「楚文化圏」という風にも呼ばれますが、その楚文化圏には、他の国々とは異なる独自の文化が存在しました。それは、死者の霊魂を、とりわけ厚く祀《まつ》る文化でした。古い文献を見ると、楚の人々は、死者の霊魂の存在を厚く信じ、やり過ぎだと思うほどの重厚な祭祀《さいし》（淫祀）を行う、と書いてあります。

そして、その神霊祭祀の場においては、歌と踊り、そして様々な楽曲が神々に奉《ささ》げられた、とも書いてあります。

楚の地方は、周王朝に滅ぼされた殷《いん》王朝の末裔《まつえい》たちが、その文化財産と一緒に流れ込んできた土地でした。中央の周王朝からは野蛮人「蛮夷《ばんい》」と呼ばれたその文化は、実質的には周王朝を凌《しの》ぐ、極めて洗練度の高いものでした。長江やその支流である沅水《げんすい》・湘水《しょうすい》に囲まれた豊かな水資源の恩恵を受けて、肥沃《ひよく》な大地と自然の要害に守られた楚の地方は、北方の黄河流域とは異なる独自の文化を生み育んでいたのです。

殷王朝の流れを引き継ぐ洗練された文化と、重厚な死者儀礼とが合体した楚文化圏では、人間の死後の世界、魂の天上世界への昇仙を、人々は様々な様式で表現しました。それは、一つには物語となり、一つには絵画となり、やがて歌舞劇として王朝祭祀に供されるようになります。そのような中で生まれたのが楚の歌としての楚辞でした。

書物としての『楚辞』

楚の歌としての楚辞は、やがてその中心的であったものが、書物として集められ編集されます。最も古い書物としての『楚辞』を編集したのは、前漢の終わりに生きた劉《りゅう》向《きょう》という学者でした。劉向は、楚の歌の代表的なもの十五篇を集め、さらに自身の作品一篇を加えて、『楚辞』十六巻を編集しました。さらに、後漢の王逸という学者は、劉向の『楚辞』十六巻に注釈を加え、同じく自身の作品一篇を加えて『楚辞章句』十七巻を編纂しました。劉向の『楚辞』一六巻は、亡びてしまって今は見ることができません。ですので、我々が目にすることのできる楚辞とは、王逸の『楚辞章句』十七巻が、その最も古いものなのです。

ここで、ひとつ大きな問題が発生しました。それは王逸という人の存在です。王逸の生きた後漢という時代は、儒教が国家の権威として確立した時代でした。当然、王逸はその『楚辞』解釈の中に、儒教の教えを重厚に反映させます。そしてまた、『楚辞』は屈原の書いたものだ、という主張を、『楚辞』解釈に徹底的に刷り込んだのも、この王逸だったのです。それは、楚国を愛し、楚王に忠実であった楚の臣下である屈原が、その忠心にも関わらず、讒言《ざんげん》を信じた王に追放され悲劇的な最期を遂げる、その屈原の愛国忠君の思いをうたったのが『楚辞』なのだ、という解釈でした。

これは、古代歌謡であった『詩経』の諸篇が、漢代になって儒家経典になり、儒家的、道徳的解釈を施されたのと全く同様の現象です。

王逸の『楚辞章句』には、後漢の儒教的価値観が反映していると同時に、屈原という一人のヒーローの存在が、全ての詩篇の解釈に影響を与えることになってしまいました。おそらくは古い神話の世界を画いた魂の天界遊行の描写であったうたは、現実から飛翔した屈原の孤独な正義を表わすものと理解され、古代人の神々への思慕は、屈原の楚王への忠心を表現したものだと解釈されるようになるのです。『楚辞章句』は、残された唯一の、そして最古のテキストである以上、我々はこの『楚辞章句』で『楚辞』を理解するしかありません。しかしそれは、このように、本来的意味から意図的に遠ざかったものであることを、同時に斟酌しながら読まなければならないのです。

因みに本書の解釈は、このような屈原伝説からはまったく離れた解釈です。『詩経』の時と同様に、『楚辞』を古代の歌謡として読んでいきます。

『楚辞章句』の全体像

王逸の解釈には、上述のような儒教的偏りがあることは確かです。しかし、王逸によって、この貴重な古代歌謡が、後世に残されたこともまた重要な事実です。ひとまず王逸の『楚辞章句』によって、この書物としての『楚辞』の全体像を見てみましょう。『楚辞章句』十七篇の篇次は以下の通りです。（　）で示すのは、王逸の言うところの作者です。

一、離騒（屈原）
二、九歌（屈原）
三、天問（屈原）
四、九章（屈原）
五、遠遊（屈原）
六、卜居《ぼくきょ》（屈原）
七、漁父《ぎょほ》（屈原）
八、九辯《きゅうべん》（宋玉）
九、招魂（宋玉）

十、大招（屈原あるいは景差）
十一、惜誓（賈誼《かぎ》）
十二、招隠士（淮南小山）
十三、七諫（東方朔）
十四、哀時命（厳忌）
十五、九懐（王褒《おうほう》）
十六、九歎（劉向）
十七、九思（王逸）

このうち最も重要なのは、最初の三篇である「離騒」・「九歌」・「天問」です。「離騒」篇は、苦悩する魂の遍歴の物語です。一人の主人公が登場し（それが屈原であると王逸は考えます）、正しい血筋を受け継ぐ高貴な生まれであり、かつ高潔な魂を持っていたにも関わらず、讒言を信じ自分を理解しない君王に冷遇され、世間の汚辱に堪えず、この世に見切りをつけて天上世界へ旅に出ます。後半は、天界を遊行する主人公が、神話の世界の中で理想を追求して失敗します。そして最後に、更なる高みを目指して旅立とうとするところで、この長編の物語は終わります。

「九歌」篇は神々との饗宴の歌です。天の唯一絶対神である「東皇太一」をはじめとして、天上界・自然界の神々を祭るうたが集められています。

「天問」篇は、天に対する問いかけです。天地創造のはじめから、神話の世界に語られるいにしえの物語、そして人間世界の道理から地理歴史の知識に至るまで、あわせて百七十二の問いが発せられます。

この「離騒」・「九歌」・「天問」の三篇は、『楚辞』のなかでも一番古い時期の歌謡だと考えられますが、その内容も歌いぶりも、そして編次のありかたも、それぞれが全く独立しています。これらを屈原という一人の作者の作品だと考えるのには大きな無理があります。

三篇の中で、最も古いと思われるのは、「九歌」の中のいくつかの詩篇であり、また「天問」は、「離騒」・「九歌」とは別の神話体系に基づき、成立もこの二篇より遅いことが想像できます。

「九章」と「遠遊」は「離騒」を発展させたもの、「卜居」と「漁父」には「屈原」という人物が登場します。「招魂」は、逃《のが》れ去る魂を招きよせる歌。体から抜け出した魂に向かって、その行き先が苦難に満ちていることをうたい、「帰っておいで」と呼びかける歌です。日本にも古くから残る民謡「ほたるこい」の原型です（後述）。「九辯」以下の諸篇は、これら楚の歌の詠いぶりを踏まえて、その継承者たちが歌い継いでいったものです。『楚辞』のひとつの特徴として、それが特定の作品を指すのではなく、「楚の歌謡」的な詠い振りそのものを「楚辞」という言葉がおそらく持っていたであろうことがあります。例えば、劉向も王逸も、『楚辞』という書物を編纂する過程において、自分自身の作品を、その最後に付け足しています。これは凡《およ》そ注釈者としてはあるまじき態度です。しかしおそらく彼らにとっては、自らも楚辞の系譜に連なる楚歌の継承者という自覚の方が、注釈者としての態度の上位にあったに違いありません。編纂すること、注釈をつけることと同次元の行為として、それを歌い継ぐことを、彼らは使命として感じていたのでしょう。楚辞とは、その継承者たちの中で、無限に増殖していく歌謡でもあったのです。

それでは以下に、『楚辞章句』の中の詩篇のいくつかを、ご紹介していきましょう。

◆九歌

九歌とは

「九歌《きゆうか》」は、神々を祀《まつ》る歌です。ここには十一篇の歌が集められています。「九歌」の「九」については、それが実数を表わすのか、それとも別の意味をもっているのか、いまだに分かっていません。しかし、「九歌」と言いながらここに十一篇のうたが集められていること、また他の文献の中に、『楚辞』の「九歌」をさすのではない「九歌」という言葉がみられることから、「九歌」とは「九つのうた」というよりは、「天上の舞曲」というような意味を持っていたのではないかと想像されます。

『楚辞』の「九歌」に集められた十一篇のうたとは、「東皇太一《とうこうたいいつ》」「雲中君《うんちゆうくん》」「湘君《しようくん》」「湘夫人《しようふじん》」「大司命《だいしめい》」「少司命《しようしめい》」「東君《とうくん》」「河伯《かはく》」「山鬼《さんき》」「国殤《こくしよう》」「礼魂《れいこん》」です。このうち、最初の「東皇太一」は、祭りの初めに当たって神を迎える迎神曲、最後の「礼魂」は祭りが終わって神を見送る送神曲、その間にならぶ九篇は、降臨した神に捧げられる歌舞劇だと考えられます。

まず、「東皇太一」篇をご紹介しましょう。

東皇太一

吉日兮辰良

穆将レ愉ニ兮上皇一

撫ニ長劒一兮玉珥

璆鏘鳴兮琳琅

瑶席兮玉瑱

盍将レ把ニ兮瓊芳一

蕙肴蒸ニ兮蘭藉一

東皇太一《とうこうたいいつ》

吉日《きちじつ》にして辰《しん》は良《よ》し

穆《ぼく》として将《まさ》に上皇《じょうこう》を愉《たの》しましめん

長劒《ちょうけん》を撫《ぶ》して玉珥《ぎょくじ》をとれば

璆鏘《きゅうしょう》として鳴《な》ること琳琅《りんろう》たり

瑶席《ようせき》と玉瑱《ぎょくてん》と

盍《なん》ぞ将《まさ》に瓊芳《けいほう》を把《と》らざる

蕙肴《けいこう》を蘭藉《らんせき》に蒸《すす》め

奠㆓桂酒兮椒漿㆒
揚㆑枹兮拊㆑鼓
□□□□
疏㆓-緩節㆒兮安歌
陳㆓竽瑟㆒兮浩倡
霊偃蹇兮姣服
芳菲菲兮満㆑堂
五音紛兮繁会
君欣欣兮楽康

桂酒《けいしゅ》と椒漿《しょうしょう》とを奠《すす》む
枹《ばち》を揚《あ》げて鼓《つづみ》を拊《ふ》し

節《せつ》を疏《そ》緩《かん》にして安《やす》らかに歌《うた》い
竽《う》瑟《しつ》を陳《なら》べて浩《ひろ》く倡《うた》う
霊《れい》は偃蹇《えんけん》として姣服《こうふく》し
芳《ほう》は菲菲《ひひ》として堂《どう》に満《み》つ
五音《ごおん》紛《ふん》として繁会《はんかい》し
君《きみ》欣欣《きんきん》として楽康《らくこう》したまえり

よき日、よき時、
謹んで上皇をたのしませましょう。
長剣と、その玉の柄とを手にとれば、

すずやかな音をたてて玉は鳴る。
瑶草を編んで作った敷物と美しい玉の宝器。
香り草を手にかざして、御霊《みたま》を招きましょう。
香りのよい肴《さかな》を、蘭《らん》の皿に盛って薦《すす》め、
桂の酒と山椒《さんしょう》のスープを御前に捧げましょう。
バチを高く揚げて太鼓を打ち、
□□□□□（一句脱落があると思われる）
ゆるやかな節回しにのって穏《おだ》やかに歌い、
ふえやことを並べて大いにうたう。
巫女《みこ》はしなやかに美しい衣裳をなびかせて舞い、
踏みしだかれた芳草の香りが堂一面に満ち広がる。
重層音の壮大なハーモニーの中、
降りたもうた御霊はよろこばしげに、楽しみくつろぐ。

編鐘　打楽器、宗廟祭祀に用いられた
（曾侯乙墓出土、1978年、湖北省博物館）

❖❖❖❖

「東皇太一」は天の最高神「太一」を祭る歌です。「太一」とは「偉大なる一」、つまり唯一絶対の最高神であり、それは楚のくにの東の郊外で祀られました。

よき日よき時を選んで、謹んで「上皇」、すなわち太一神をお迎えする準備が整えられます。まず長剣をかざしての剣舞が舞われます。剣の柄《つか》につけられた玉の飾りは、踊りに合わせてお互いに擦《こす》れあい、キラキラ・カラカラと美しい音をたてます。「璆鏘《きゅうしょう》」と「琳琅《りんろう》」は、玉が触れ合ってチリチリ・リンリンと、硬質で透明な音を出す形容です。玉は古代においては魂の宿る神聖な石であり、また最も高貴な宝石でした。「琳琅」という言葉は、玉偏がついていることからも分かる通り、この玉の鳴る音を表わす言葉です。

次に、神霊をお迎えする玉座と、奉《ささ》げられる供物が歌われます。「瑶席《ようせき》」「玉瑱《ぎょくてん》」「瓊《けい》芳《ほう》」は、それぞれ瑶の草であんだ蓆《むしろ》、玉で作った祭器、玉のように香り高い草を言いますが、これらが全て「玉」と関連するのは、やはり「玉」のもつ高貴な性格、そして魂を宿すという呪術的作用に拠《よ》るものなのです。

さらに「蕙肴《けいこう》」すなわち供物としての肴が、蘭《らん》の敷物にのせて奉げられます。それは「桂酒」つまり金木犀《きんもくせい》を漬け込んだ酒と、「椒漿《しょうしょう》」つまり山椒を混ぜ込んだスープです。「桂」とは金木犀。その花の強い香りが酒に溶け込み、飲む者を恍惚《こうこつ》状態にさせます。また「椒」とは山椒です。山椒もまた刺激のある香りを持つものであり、これを服することで体が温まったり、また女性が妊娠しやすくなったりすると考えられていました。漢代の後宮では、壁に山椒が塗りこまれていたと言います。『詩経』の詩篇に、女性の妊娠求子の呪物として、桃や梅が詠いこまれていたのと同様の働きを、山椒もまたもっているのです。

次に供されるのは音楽と舞踏です。太鼓のリズムに乗って、ゆったりとした節回しの歌がうたわれ、笛と琴を並べて大合唱が広がります。「竽《う》瑟《しつ》を陳《なら》べて浩《ひろ》く倡《うた》う」という表現から、それが大掛かりな演奏と合唱であったことが想像されます。

このように、剣の舞い、玉座のしつらえ、香り高い供物と大掛かりな音楽を背景に、「霊は偃蹇《えんげん》として姣服《こうふく》」します。神を降ろす巫女が、美しい衣裳をなびかせて登場し、舞うのです。

かくて、巫女の足に踏みしだかれた香草が、あたり一面を強い香りで満たし、オーケストラが壮大な音楽を奏でる中に、「君」すなわち太一神は降臨したまい、よろこばしげにこの祭りを享受したまう、そんな祭りの一部始終がここには歌われています。

ところで、第五句に歌われる「瑶席」と「玉瑱」、すなわち瑶の草で編んだむしろと玉で作った祭器とは、特別な祭祀、それも国家的な規模の大祭で使用するものであることが、経典の一つである『周礼』に書かれています。太一神の祭祀は、国家規模の大きな祭りだったのです。

「東皇太一」がこのように神を迎える迎神曲であったならば、次に引く「礼魂」篇は、祭りが終わって神を見送る送神曲だと言えるでしょう。

礼魂

成レ礼兮会レ鼓
伝レ芭兮代舞
姱女倡兮容与
春蘭兮秋菊
長無レ絶兮終古

礼《れい》魂《こん》

礼《れい》を成《な》しおえて鼓《つづみ》を会《かい》し
芭《は》を伝《つた》えて代《こもご》も舞《ま》う
姱《こ》女《じょ》は倡《しょう》すること容与《ようよ》たり
春蘭《しゅんらん》と秋菊《しゅうきく》と
長《なが》く絶《た》ゆること無《な》く終古《しゅうこ》たれ

祭りの礼を成しおわり、激しく太鼓を打ち鳴らす。
手から手へと花を伝え、代わる代わるに舞い踊る。
美しき巫女はうたいつつ、舞う姿もやわらいで、
春には蘭を、秋には菊をかざしておどる。

二　とこしなえに続く永遠の時間の中で。

❖❖❖❖

第一句「成礼」は、祭りの成就を言います。神を迎えて酒食や歌舞音楽を供する一連の祭祀は、最後に太鼓の合奏で締め括《くく》りました。その太鼓の合奏を背景にして、巫女たちは「伝芭」します。手から手へと花を渡し、受け取った花と一緒に代わる代わるに舞うのです。美しい巫女たちは歌いながら、ゆったりとやわらかに舞うのです。巫女が「伝芭」する花は、春には蘭、秋には菊、それぞれ香り高く、そして人を清浄に清める花でした。

最後の句に詠まれる「無絶」と「終古」とは、絶えることの無い時間、永遠に続く時間を表わします。古代において、時間は円環的に流れていました。死は終焉ではなく新しい始まりであり、命は親から子、子から孫へと、まるで「伝芭」するかのように伝えられていくものとしてありました。人はその円環的な時間の流れの中で、抗《あらが》うことなくゆったりと生き、そして死んでいったのです。

そんな穏やかに流れる時間の中で、降臨した神とそれを祭る人々とが、調和に満ちた世界の中で祭礼の時を楽しみ、そして祭りは静かに収束する。九歌の中の「東皇太一」篇と「礼魂」篇とは、そんな古代的調和に満ちた世界を詠ったものだと言えるでしょう。

九歌に収められる他の九篇は、天上・地上の神々と死者の霊魂を歌うものです。「雲中君」とは雨をもたらす雲の神の名ですが、九歌に歌われる「雲中君」篇の神は日月と光を斉《ひと》しくする輝く姿で登場します。

「湘君」「湘夫人」は湘水という川の神です。上に見た「東皇太一」篇において、神霊は祭りにこたえて降臨しましたが、「湘君」「湘夫人」の二篇において、湘水の神は、祭る人間の熱い思慕の情に対して、無情にも答えてくれません。「あなたに会いたいのに来てくれない」、「約束したのに忘れられた」、「心からの贈り物を無情にも捨ててしまった」など、この二篇に歌われる神への思慕は、まるで人間の男女の情愛を写したかのような生々しさがあります。神霊降臨への思慕が、男女の情愛とリンクしながら展開されているのです。そこには古代的ロマンの世界が広がり、思慕と裏切り、期待と落胆など、古今普遍の感情が濃厚に渦巻きます。

「大司命」「少司命」とは、「司命」すなわち命を司る神の名であり、それは北斗七星の中の一つの星の神であると言われますが、九歌の「大司命」「少司命」二篇には、この神格は直接的には登場しません。この二篇もまた、「湘君」「湘夫人」と同様に、神霊への思慕と、それを受け入れてもらえない憂いが歌われます。こちらの二篇には、神霊への思慕がさらに強烈になり、表現も妖艶になります。「満堂の美人の中で、私にだけウインクしてくれた」とか、「あなたと一緒に髪を洗い、あなたと一緒に乾かしましょう」など、かなりエロティックな表現もあり、人と神との交歓と、男女の情愛表現との境目が大きく揺らいでいきます。

「東君」は太陽神です。「東君」篇では丸い太陽が東の空から昇り、馬に乗って青雲の衣と白霓《はくげい》の裳《も》裾《すそ》をたなびかせながら天を駆け、西に沈むまでが歌われます。

「河伯」は黄河の神。「河伯」篇では、白い大亀に乗り美しい魚を従えた河伯が、巫女と戯れながら東の方の南浦に帰る様子が歌われます。

「山鬼」は山の神です。この神は女性であり、山の植物を着物とし、赤毛の豹《ひょう》に乗り山猫を従えて山の隈《くま》に独りで暮らしています。下界から登ってくる人間の男を恋い慕って、その訪れを待ちながら、雷が鳴り雨が降り、風の吹きすさぶ山上で、憂いに沈んでいます。

これらの歌が全て、天上あるいは地上の神を歌ったものであるのに対して、「国殤」一篇だけは神ではなく、戦いで死んだ戦士の魂をうたう歌です。鎧を着て武器を手に、戦に臨んだ兵士たちは、雲のように押し寄せる敵に襲われて、激しい戦闘の末に全滅し荒野に捨てられます。二度と家には帰れない兵士たち、しかし長剣を帯び弓を手にしたまま、首は無くなっても心は強く残ります。そんな死んだ兵士の魂は、死者の世界でも勇士となるのだと歌います。

このように、九歌に収められる十一篇のうたは、すべて神祭りの歌だと考えられます。これらがいつ、だれの手によってまとめられたのか、それぞれのタイトルは初めからつけられていたのか、それとも後から加えられたのかということについては、いまだ多くの謎の残る詩篇ですが、古代的な神々との交歓を歌ったこれらの詩篇は、類を見ない独自の世界の開示として、そしてまた艶詩、抒情詩、叙景詩など後世の詩歌の展開への端緒を開くものとして、詩歌世界の豊かな源流を成していることは確かなのです。

◆古代神話と『楚辞』

中国には神話が乏しいと言われます。確かに、世界に類を見ない長久の歴史と文明を持ちながら、古代神話に関しては、ギリシャ神話のような体系的な物語は、中国には多くは残っておりません。

しかしそれは、中国に神話が乏しかったということではありません。それが体系化され統一された一つのストーリーとして語られることが無かったというだけのことなのです。中国の古代にも、神話は豊富に存在しました。そしてそれらの断片を残す、貴重な古代文献の一つが『楚辞』なのです。

本書に取り上げた「九歌」と「離騒」は、『楚辞』の中でも多くの神話を留めている篇です。特に「離騒」篇の天界遊行の部分には、崑崙《こんろん》神話、太陽神話のほか、月や星に関わる多くの神格が登場します。また「九歌」には、「離騒」には描かれなかった地上の神格である河の神、湘水の神、山の神などが登場します。

『楚辞』の他にも、神話を留める古代文献として、『山海経《せんがいきょう》』や『淮南子《えなんじ》』があり、また経典となった『詩経』や『尚書』、そして諸子の『荘子』にも神話の断片は顔を覗かせます。

しかしこれらは、成立時代もまた土地柄も、それぞれ同一ではないために、同じ対象を語っていても、内容にさまざまな食い違いが出てきます。

中国文化は歴史を尊びました。経典の一つに魯《ろ》の国の歴史書である『春秋』が入っていることからもそれは分かります。過去の出来事と、それへの対応、そしてその解釈は、人間の知恵の集積として尊ばれ、規範とされました。

歴史が規範であり現実に対応するものであるのに対して、神話の世界はまったくその反対です。現代的観点から言えば、それは空想や想像の世界であり、混沌《こんとん》です。神と人、正と悪、聖と邪というような価値観念をこえた大きな渦を巻く混沌こそ神話の根源だとすると、歴史や秩序を尊ぶのちの世の価値観の中で、それらは淘汰されざるを得ません。

中国では六朝期《りくちょうき》になって帝紀や年暦といった歴史書や暦が確立し、過去をさかのぼって歴史を体系化し暦を実用化するようになります。この時、それまで断片として残っていた神話は、体系化されると同時に歴史の中に組み込まれていくことになりました。

『荘子』の中に、混沌に七つの穴をあけた時、混沌が死んでしまった故事があります。混沌は混沌であるがゆえに価値を持つのであり、秩序を与えられることは混沌の死を意味します。同じように神話が歴史になった時、神話はその価値を失います。神話が終わるとき、古代もまた終わるのです。

◆離騒

離騒とは

『詩経』と『楚辞』とを「風騒」と呼ぶことを先に述べました。「離騒《りそう》」篇は、『楚辞』の代名詞となるくらいに、『楚辞』全十七篇の中でもとりわけ重要な一篇です。「九歌」が短編の集まりであったのに対して、「離騒」篇は長編の物語です。そしてそれはおそらく舞台上で演じられた歌舞劇であり、音楽と背景と、そしてバックコーラスや登場人物の台詞《せりふ》などなどの様々な要素から成り立っていた、壮大な歌物語であったと思われます。ですので、残された文字としての言葉の中には、主人公の台詞もあれば、挿入歌のような部分もあり、また舞台の変化にともなって、重複する部分もあります。

その内容はというと、それは一言でいえば、一人の主人公の苦悩に満ちた魂の遍歴の物語です。高貴な血筋と天の恵みを享《う》けて生まれた主人公が、この世の悪意に絶望し、天上世界に旅に出ます。しかしそこにも理想の境地を発見できず、また残してきた故郷への思いも断ち切れず、前にも後ろにも進めなくなる、そんな悩める魂の苦悩の遍歴を、壮大な背景とともに歌い上げたものです。

この長編物語は、まず主人公の名乗《なの》りから始まります。それは新約聖書の開頭におびただしく連なり繰り広げられる正統の主張と通じるものがあります。名乗りとは、古い、そして正しく貴い血統をひく自身の出生と名付けとの、堂々たる開示なのです。

名乗り

帝高陽之苗裔兮
朕皇考曰㆓伯庸㆒
摂提貞㆓於孟陬㆒兮
惟庚寅吾以降

帝高陽《ていこうよう》の苗裔《びょうえい》なり
朕《ちん》が皇考《こうこう》を伯庸《はくよう》と曰《い》う
摂提《せってい》　孟陬《もうすう》に貞《ただ》しくし
惟《こ》れ庚寅《こういん》に吾《わ》れ以《もっ》て降《くだ》れり

皇覧㆓揆余初度㆒兮
肇錫㆑余以㆓嘉名㆒
名㆑余曰㆓正則㆒兮
字㆑余曰㆓霊均㆒

皇《ちち》 余《わ》が初度《しょど》を覧揆《らんき》し
肇《うらな》いて余《われ》に錫《たま》うに嘉名《かめい》を以《もっ》てす
余《われ》に名《な》づけて正則《せいそく》と曰《い》い
余《われ》に字《あざな》して霊均《れいきん》と曰《い》う

太古の天子高陽《こうよう》の後裔《こうえい》である。
我が父は伯庸《はくよう》と言った。
寅《とら》の歳　寅の月、
そして寅の日という良き日に私は生まれた。
父はその時の天の運行をご覧になって、
占って良き名を与えてくださった。
私に正則《せいそく》という名と、
霊均《れいきん》という字《あざな》をつけてくださった。

「高陽」というのは、神話に登場する太古の天子のひとりであり、黄帝の孫だと言われます。その末裔だというのですから、由緒正しい血筋です。さらに生まれたのは寅の歳、寅の月、寅の日だといいます。血筋とともに天体の運行からも最良の資質を享《う》けてこの世に生まれ落ちたことを、この長編物語の開頭において、主人公は高らかに押し示すのです。

❖❖❖❖

この部分に詠われる「摂提《せってい》　孟陬《もうすう》に貞《ただ》しくし　惟《こ》れ庚寅《こういん》に吾《わ》れ以《もっ》て降《くだ》れり　皇《こう》　余《わ》が初度《しょど》を覧揆《らんき》し」というのは、全てこの主人公が生まれ落ちた時の、天の運行についての説明です。木星が寅の方向に位置を定める歳を「摂提格」といい、寅の月（旧暦正月）を「孟陬」といいます。さらに「初度」というのも、星の並びの法則を言う言葉なのですが、かなり専門的な天体用語です。

これらは一つには、人の運命と資質とが、生まれた日の天の運行に支配されるものだという当時の考え方を示すとともに、また一つにはこの主人公が、天の使命を背負って、特別な存在としてこの世に生まれてきたものであることも示しています。

「霊均」という名前は、この主人公が巫子の系統に繋がる者であることを示唆します。

「東皇太一」に詠われた「霊」が、神霊を降ろす巫女であったのと同様です。神々と交信のできる巫女・巫子は、古代社会に在っては特別な能力の備わった者として、知識人であり文化人であり、そして政治家でもありました。神霊につながる者がこの世の統治者でもあったのが、古代という時代です。この主人公も、良き血筋と天の恵みを受けてこの世に誕生したからには、世の中の役に立つ有用な人物たろうと努力を重ね、人格を磨き修養をつみます。

紛吾既有二此内美一兮　　紛《ふん》として吾《わ》れ既《すで》に此《こ》の内美《ないび》有《あ》り
又重レ之以二脩能一　　又《ま》た之《これ》に重《かさ》ぬるに脩能《しゅうのう》を以《もっ》てす
扈三江離与二辟芷一兮　　江離《こうり》と辟芷《へきし》とを扈《こうむ》り
紉二秋蘭一以為レ佩　　秋蘭《しゅうらん》を紉《ひも》として以《もっ》て佩《はい》と為《な》す

私はこのように内なる美質をゆたかに備えておりつつも、

さらに加えて良き能力を磨き身に付けた。
穢《けが》れを祓う江離《こうり》と辟芷《へきし》とを身にまとい、
秋の蘭を編んでそれを紐《ひも》飾りとした。

❖　❖　❖　❖

かくて、才能と人格をそなえた主人公は、主君の役に立とうと、心からの忠言を試みるのですが、主君は彼の言葉を信じず、かえってまわりの邪悪なる臣下の讒言を信じて、彼をうとんじ、見捨ててしまいます。

「離騒」篇の前半は、こののち見捨てられた主人公が、主君の無理解を嘆きつつも、自身の身の潔白を明かさんとして、さまざまに心のうちを押し陳《の》べることに費やされます。「離騒」篇の前半の、現実世界への不信感と苦悩の表白は、圧倒的重量感をもって読む者に迫ります。「離騒」という言葉の意味は、「離《わかれ》の騒《うれい》」とも「騒《うれい》に離《かか》る」とも読まれますが、実は、くどくどと不平を繰り返す、という意味の「牢騒《ろうそう》」という言葉があり、「離騒（lisao）」は、この「牢騒（laosao）」を意味すると考えられます。くどいほどに繰り返される現実批判と自己の正当性の主張、それは繰《く》り言《ごと》であると同時に、尽きせぬ苦悩の吐露《とろ》でもあるのです。

天界への遊行

「離騒」篇の後半は、人間世界に絶望した主人公が、天上世界へと飛翔し、天界の遊行の中で、理想を追い求める様子を詠います。

心に深い悲しみを抱えながら、さまよい続けた主人公は、さすらいの果てに九嶷山《きゅうぎさん》のもと、重華《ちょうか》の霊前にたどり着きます。重華とは、伝説上の帝王、舜《しゅん》帝のことです。いにしえの聖人、舜帝の前にひざまずき、思いのたけを述べつくした主人公に、突然ひとつの啓示が降りてきます。主人公はその啓示にしたがって、遠く神々の世界へと旅立つのです。

跪 敷 衽 以 陳レ辞 兮　跪《ひざまず》きて敷衽《ふじん》して以《もっ》て辞《ことば》を陳《の》ぶるに

耿吾既得㆓此中正㆒　耿《こう》として吾《わ》れ既《すで》に此《こ》の中正《ちゆうせい》を得《え》たり
駟㆓玉虬㆒以乗㆑鷖兮　玉虬《ぎよくきゆう》を駟《し》として以《もつ》て鷖《えい》に乗《の》り
溘埃㆑風余上征　溘《こう》として風《かぜ》を埃《ま》ちて余《われ》上征《じようせい》す

舜帝の霊前にひざまずき、ひれ伏して言葉を述べ終わったとき、
ある一つの啓示が心の中にはっきりと感じられた。
そこで四頭の蛟《みずち》にひかせた鷖《えい》のとりに乗り、
たちまちのうちに風を待って私は上昇した。

❖❖❖❖

舜帝の墓前での思いの開陳と、啓示が歌われる部分です。「耿《こう》」とは、はっきりとしているさま。「中正」は「正しい」の意。「耿として吾れ既に此の中正を得たり」とは、現実世界との齟齬《そご》を訴える主人公に、「お前は正しい」という啓示が、はっきりと降りてきたことを言います。

この世の中が間違っているのなら、別の世界に旅立てば良い。主人公は龍と鷺とに乗って、つむじ風とともに天上世界に旅立つのです。

朝発㆓軔於蒼梧㆒兮　朝《あした》に軔《じん》を蒼梧《そうご》に発《はっ》し

夕余至㆓乎県圃㆒　夕《ゆうべ》に余《わ》れ県圃《けんほ》に至《いた》れり

欲㆔少留㆓此霊瑣㆒兮　少《しばら》く此《こ》の霊瑣《れいさ》に留《とど》まらんと欲《ほっ》するに

日忽忽其将㆑暮　日《ひ》は忽忽《こつこつ》として其《そ》れ将《まさ》に暮《く》れんとす

あさ、この舜帝が崩じた蒼梧《そうご》の地から出発し、
夕べに私は崑崙《こんろん》山の中腹の県圃《けんほ》にまでやってきた。
しばらくこの霊域に留まりたいと思うのだが、
日は暮れてあっという間に夕暮れになろうとしている。

天上世界への旅は、崑崙山への道行きから始まります。崑崙山は、死者の霊魂の帰る山であり、地上と天上とを繋ぐ「天柱」だと信じられた山です。

❖❖❖❖

朝、蒼梧の野を出発した主人公は、上昇気流に乗って一気に空を駆け上がり、夕暮れには崑崙山の中腹までたどり着きました。「発軔」の「軔」はクサビ、「発軔」は、車を止めておくクサビを抜き取る、という意味で、出発することを言います。

崑崙山の中腹である「県圃」、この霊域にしばらく留まりたいと思っているのに、太陽はあっという間に沈もうとする。そこで主人公は、沈みゆこうとする太陽に向かって、「止まれ」と命じます。

吾令二羲和一弭レ節兮
望二崦嵫一而勿レ迫
路曼曼其脩遠兮

吾《わ》れ羲和《ぎか》をして節《せつ》を弭《やす》めしめ
崦嵫《えんじ》を望《のぞ》みて迫《せま》ることなからしむ
路《みち》は曼曼《まんまん》として其《そ》れ脩遠《しゅうえん》

吾将二上下而求索一　吾《わ》れ将《まさ》に上下《じょうげ》して求索《きゅうさく》せんとす

太陽の御者《ぎょしゃ》である義和《ぎか》に命じて手綱《たづな》をゆるめ、
日の沈む山である崦嵫《えんじ》山に近づかないようにさせる。
道は長く遥かに延々と続き、
私は登ったり下ったりしながら探し求める。

❖❖❖❖

「義和」は太陽の御者です。太陽は、あさ義和の御す車に乗って湯谷から昇り始め、咸《かん》池《ち》で水浴びし、扶桑の木を払って天上に上っていく。そして悲泉に来ると車を止めて馬を憩わせる。そして最後に崦嵫の山の虞淵の汜《きし》に沈むとそれが夕暮れになる、神話では太陽の一日はこのように考えられていました。

その太陽の御者である義和にスピードを落とさせ、日暮の山に向かうなと命じる。それはこの世の法則を無視し、天界の運行に抗《あらが》おうとすることです。主人公は時間の流れに抗ってまでも、何者かを求めずにはおれなかったのです。

目の前に続く長い道のり、それをたどりながら彼の求めたものが何であったのかは、ここでは明かされません。

飲㆓余馬於咸池㆒兮　余《わ》が馬《うま》に咸池《かんち》に飲《みずの》ませ
總㆓余轡乎扶桑㆒　余《わ》が轡《たづな》を扶桑《ふそう》に總《むす》ぶ
折㆓若木㆒以払㆑日兮　若木《じゃくぼく》を折《お》りて以《もっ》て日《ひ》を払《はら》い
聊逍遥以相羊　聊《いささ》か逍遥《しょうよう》して以《もっ》て相羊《しょうよう》す

朝の太陽が水浴びをするという咸池で馬に水を飲ませ、
太陽がそこから昇るという扶桑の木に馬の轡を結ぶ。
崑崙山の霊木である若木を手折って太陽を払い、
しばらくの間、ゆったりとあたりをさまよい歩く。

「咸池」と「扶桑」は、上に見たように太陽の運行に関わる場所です。それに沿って遊行を続ける主人公は、この物語の中では太陽神と化しているようです。
「若木」は崑崙山の西の端にあり、その花が下界を照らすといわれる樹木です。その聖木を手折って太陽を払い、時間の流れの中をたゆたうというのは、現実的な時間を超えた、別次元の世界を楽しんでいるかのようです。

❖❖❖❖

前㆓望舒㆒使㆓先驅㆒兮　望舒《ぼうじょ》を前《まえ》にして先駆《せんく》せしめ
後㆓飛廉㆒使㆓奔屬㆒　飛廉《ひれん》を後《うしろ》にして奔属《ほんぞく》せしむ
鸞皇為㆑余先戒兮　鸞皇《らんおう》余《わ》が為《ため》に先戒《せんかい》し
雷師告㆑余以㆑未㆑具　雷師《らいし》余《よ》に告《つ》ぐるに未《いま》だ具《そな》わらざるを以《もっ》てす

月の御者である望舒《ぼうじょ》に先駆けをさせ、

風の神である飛廉《ひれん》に後を守らせる、
鸞《らん》と鳳凰《ほうおう》が私の行く路《みち》を清めるが、
雷神はまだ十分ではないと私に告げる。

❖❖❖❖

現実世界を超越して神話の世界に入り込んだ主人公の周りに、さらに神話の神々が集まります。「望舒《ぼうじょ》」は月の御者、「飛廉《ひれん》」は風の神様、「鸞《らん》」は美しい彩りの尾長《おなが》鳥、「皇」は雌のおおとり、ともに聖なる鳥類です。「雷師《らいし》」は雷と雨を司る雷神。それらがあるいは前にあるいは後ろになりつつ主人公の天界遊行を導きます。

吾令㆓鳳鳥飛騰㆒兮
継㆑之以㆓日夜㆒
飄風屯其相離兮

吾《わ》れ鳳鳥《ほうちょう》をして飛騰《ひとう》せしめ
之《これ》に継《つ》ぐに日夜《にちや》を以《もつ》てせしむ
飄風《ひょうふう》屯《あつ》まり其《そ》れ相い離《はな》れ

帥㆓雲霓㆒而来御　雲霓《うんげい》を帥《ひき》いて来御《らいぎょ》す

そこで私は鳳凰に高く飛べと命じた。
昼も夜も休むことなく飛べ、と。
つむじ風は集まり、そして離れ、
雲と虹《にじ》とをひきつれて出迎える。

❖❖❖❖

神々や霊鳥に助けられながら、彼は風に乗って上空に飛びつづけます。つむじ風に乗り、雲や虹に迎えられつつ、遥かな天上世界を目指すのです。

紛總總其離合兮　紛《ふん》として總總《そうそう》として其《そ》れ離合《りごう》し
斑陸離其上下　斑《はん》として陸離《りくり》として其《そ》れ上下《じょうげ》す

吾令二帝閽開レ関兮　　吾《わ》れ帝閽《ていこん》をして関《せき》を開《あ》けしむ
倚二閶闔一而望レ予　　閶闔《しょうこう》に倚《よ》りて予《われ》を望《のぞ》むものあり

入り乱れあでやかにあざやかに混じりあい、
きらめく光芒《こうぼう》をはなちつつ上へ下へと車を走らせる。
夕暮れの門番に霊域への門を開けてもらおうとした。
門にもたれて私を望む女たちがいるのだ。

❖❖❖❖

かくて、きらめく光芒を放ちながらあでやかに派手やかに車を走らせる主人公は、天帝の領域の入り口にまでたどり着きました。「帝閽《ていこん》」は夕暮れの門番です。夕暮れに門を閉じる門兵を「閽」といい、ここでは天への入り口の門をまもる門番なので「帝閽」と言っています。「閶闔《しょうこう》」は天の門、そこにもたれて自分を見つめる者がいる、だから門番に開けてくれ、と頼んでいるのです。

天帝の霊域で自分を待つもの、それは上に見た「上下して求索」するものであり、主人公の真実を理解し、価値観をともにしてくれる伴侶《はんりょ》なのですが、それは神話伝説に登場する女性の姿を借りて、この後の部分に登場します。一人目は「宓妃《ふくひ》」。伏羲《ふくき》氏の女《むすめ》で洛水の神になった女神です。二人目は「有娀《ゆうじゅう》の佚女《いつじょ》」。有娀国の美女で帝嚳《ていこく》の妃であり、『詩経』にもうたわれた契の母の簡狄《かんてき》です。三人目は「有虞《ゆうぐ》の二姚」。舜帝の後裔で有虞に亡命した少康の妻となり、少康の夏王朝中興を助けた賢婦です。

主人公はこれらの神話上の美女たちに、次々と求婚し、そして様々な理由で失敗します。無理矢理分け入った神話の世界には、この主人公の伴侶はみつからなかったのです。

時曖曖其将レ罷兮
結二幽蘭一而延佇
世溷濁而不レ分兮
好蔽レ美而嫉妒

時《とき》は曖曖《あいあい》として其《そ》れ将《まさ》に罷《く》れんとす
幽蘭《ゆうらん》を結《むす》びて延佇《えんちょ》す
世《よ》は溷濁《こんだく》して分《わ》かたず
好《この》んで美《び》を蔽《おお》いて嫉妒《しっと》す

暗がりがあたりを包み、一日が終わろうとするころ、
幽蘭に思いを託してたたずみ続ける。
世の中は乱れ濁り、分別もなく、
美しいものを覆い隠して嫉妬するばかり。

❖❖❖❖

そんな神話世界での挫折を暗示するかのように、暮れ方の闇が迫るころ、先に進めなくなった主人公は、蘭を手折り、それに思いを託して佇み尽くします。この部分の後半の二句「世は溷濁《こんだく》して分かたず　好んで美を蔽《おお》いて嫉妒《しっと》す」、世の中は濁り、美しいわたしを嫉妬し汚す、というフレーズは、さまざまに形を変えて「離騒」篇に繰り返されます。これはおそらく、主人公の独白ではなく、一幕の終結に背後から繰り返し歌われるバックコーラスのようなものであったのではないかと考えられます。

主人公の天界遊行、崑崙山を通っての道行きは、ここで一区切りとなります。

◆『楚辞』と昇仙図

一九七一年、長沙《ちょうさ》の馬王堆《まおうたい》から漢代の墳墓が発見されたことは、当時世界的な大ニュースとなりました。墳墓の古さもさることながら、二重になった棺《ひつぎ》の中から出てきた遺体は、まだ皮膚に弾力さえ残る、良質な保存状態で発見されたからです。また、副葬品の中には、大量の竹簡や多様な文物があり、まるでタイムカプセルを開いたかのように、漢代の遺物が生々しくわれわれ現代人の前に蘇ったからです。

その副葬品の中に、棺を覆う絹の布がありました。T字形のその布には、実に緻密な絵画が描かれていました。絹に描かれた絵画という意味でそれは帛画《はくが》と呼ばれているのですが、そこには死者の霊魂の道行きが、まるで物語のように展開されていました。そして死者の魂が崑崙山を通って天上世界へと昇っていくその昇仙の様子は、『楚辞』の中に詠われる天界遊行の描写とほぼ共通するものでした。

馬王堆墳墓の発見された湖南省長沙は、戦国期には楚の国でした。帛画の世界

昇仙図　馬王堆帛画とその模本
（前漢、湖南省長沙市、馬王堆漢墓出土、1973 年、湖南省博物館）

は、楚の国の死者儀礼を、そのまま反映したものだったのです。『楚辞』の理解のためにも、古代神話の解明のためにも、この馬王堆の帛画は、大変貴重な発見となったのです。

時間の推移への歎き

主人公の天界への飛翔はこの後も繰り返されます。何度も天の高みへと上昇し、何かを求めて失敗し、行きなずんだり神託を待ったりして行きつ戻りつしながら、それでも理想を追い求めるのです。そしてその間にさまざまな歎きが挿入されますが、その中の一つに、時間の推移と老いに対する歎きが、とりわけ鮮烈に歌われます。

及二年歳之未レ晏兮　　年歳《ねんさい》の未《いま》だ晏《く》れず

時亦猶其未レ央
恐鵜鴂之先鳴兮
使二夫百草為一レ之不レ芳

時《とき》の亦《ま》た猶《な》お其《そ》れ未《いま》だ央《つ》きざるに及《およ》び
恐《おそ》るるは鵜鴂《ていけつ》の先《ま》ず鳴《な》きて
夫《か》の百草《ひゃくそう》をして之《これ》が為《ため》に芳《かんば》しからざらしむるを

年月と、季節とがまだおわらないうちに。
鵜鴂《もず》が鳴き始めて、すべての草花の香りが失われないうちに。

❖❖❖❖

これは、二度目の天界遊行を前にして、巫咸《ふかん》という巫祝師の神託の中に見える激励の言葉です。

「鵜鴂」はモズ。モズは秋分の前に鳴き始め、その声を聴くと草木が枯れると言われています。百草を枯らし、一年の終わりを告げるモズの声、それはすべての生に終わりがあることを知らせます。しかしまた同時にそれは、だからこそ命あるうちに自分の納得のいく生き方を求めよ、という熱い情熱をも掻《か》き立てます。

それは前半の、歳がまだ暮れないうちに、季節がまだ終わらないうちに、という時間の流れへの抗い、有限の生の悲しさと、抗いへの情熱となって、「離騒」篇の一つの大きなモチーフとなっているのです。

さらなる飛翔

神話伝説上の女性への求婚に失敗し、自分と心を同じくする配偶をこの世界に求めることを断念した主人公は、更なる高みを目指して再び旅に出ます。崑崙山から車を廻らせた主人公は、天の渡し場を出発し、西の果てまでやってくると天上世界へ向かって駆け上っていきます。鳳凰の翼を掲げてのぼりたち、龍の車で流砂を渉り、八頭の美しい龍に引かせた千乗の車に雲の旗さしを掲げて、壮大華麗な装いで、遥かな世界へと馳《は》せ登っていきます。

しかし、天上世界への大いなる遊行に向かおうとする、その出発の途端に、「離騒」篇は終焉を迎えます。

次の四句が、「離騒」篇の最後の部分です。

陟㆓陞皇之赫戯㆒兮　皇《こう》の赫戯《かくぎ》たるに陟陞《ちよくしよう》せんとして
忽臨㆓睨夫旧郷㆒　忽《こつ》として夫《か》の旧郷《きゆうきよう》を臨睨《りんげい》すれば
僕夫悲余馬懐兮　僕夫《ぼくふ》は悲《かな》しみ　余《わ》が馬《うま》は懐《おも》い
蜷局顧而不㆑行　蜷局《けんきよく》として顧《かえり》みて行《ゆ》かず

耀《かがや》きわたる天上世界に上《のぼ》りたとうと車を馳せたのだが、ふっと彼の懐かしき下界を眺め臨んだとき、
下僕は悲しみのあまり立ち止まり、私を乗せた馬も故郷を懐かしみ、行きなずむばかりで進まなくなってしまったのだ。

❖　❖　❖　❖

「皇」とは天上世界の最高神です。光り輝くその世界に駆け上ろうとしたその時、主人公はふっと下界の故郷をふり返ってしまいます。すると、下僕と馬とは悲しみ、そして

懐かしみ、行きなずんで歩みを止めてしまうのです。故郷への思いにとらわれて足を踏み出せなくなった下僕と馬とは、主人公の心そのものを代弁します。壮大なる神話世界への遊行、天上世界への更なる飛躍、それを果たそうとして果たせなかった主人公を捕えていたのは、捨て去ったはずの現実世界、汚濁にまみれた下界そのものだったのです。

この結末は、「離騒」篇が天上世界への華麗なる旅立ちそのものを歌おうとする詩篇ではないことを物語ります。現実世界で自己を全うできない主人公の、神々の世界への飛翔をストーリーとして持ちながらも、むしろその成就ではなく、その過程で繰り返される苦悩の表白こそが、この長編物語の中心であったのです。

以上、『楚辞』の中でも古い時代に歌われたであろう詩篇を、「九歌」と「離騒」から拾ってみました。『詩経』の四言のリズムが乾いた安定した歌いぶりを表わすのと対照的に、『楚辞』の長短入り混じる扇情的なメロディーは、人の心の不安と情熱とを揺さぶります。『詩経』が「楽しみて淫せず、哀《かな》しみて傷《やぶ》らず（『論語』）」という、バランスの良い安定した感情を歌うことを目指したのに対し、『楚辞』は、喜びも悲しみも激しく歌い上げる、そんな歌謡でした。そしてそれが、運命に抗いながらも敗北し、しかし己の正義を曲げることの出来なかった多くの人々に、愛され読み継がれる最大の理由になっていったのだと思います。

◆招魂と「ほたるこい」

ほ、ほ、ほたるこい。
あっちの水は苦いぞ。
こっちの水は甘いぞ。
ほ、ほ、ほたるこい。

夏の夕べの清流に光を点滅させる蛍、その姿のはかなさと懐かしさは、人に死者の魂を連想させます。人の肉体からあくがれ出《いづ》る魂を、日本の古典は蛍に譬えることが多くありました。この童歌に歌われる蛍もまた死者の魂を、そしてこの歌はそれを呼び招く招魂を歌ったものであった可能性があります。

魂魄《こんぱく》とは、人のタマシイ（魂）と肉体（魄）を言います。普段は肉体の中に守られている魂は、季節の変化や激しいストレスによって、ふっと体から抜け出してしまうことがあります。季節の変化の節目である節句に、登高したり穢れを祓ったりする節句の行事は、招魂続魄、つまり逃れ出ようとする魂を肉体の中にしっかり繋ぎとめておくためのものでした。同時に登高では、故意に魂を肉体から解放して、自由に遠くに心を飛ばすこともできました。離れた場所にいる大切な人と、肉体は離れていても魂は繋がりあえたのです。

そして人は死ぬと、同じように魂が肉体から遊離します。しかし抜け出した魂は、親族の呼びかけによって、再び魄に戻ってくることもありました。ですので、人々は死者の魂に、行ってしまうな、戻っておいでと呼びかけます。これが死者儀礼における招魂です。

『楚辞』の招魂篇は、その最も古いものの一つです。招魂篇では、「魂兮帰来（魂よ帰り来たれ）」という招魂の一句が繰り返されます。そして、魂の逃れ去ろうとする四方、すなわち東西南北と、天上地下の各方向が、それぞれに辛く居心地の悪い場所であることを言い、反対に戻るべきこの世界が、極めて居心地の良い世界であることを歌います。

例えば、東方には十個の太陽が代わる代わる出てきて、全てのものを溶かしてしまう、南方には入れ墨をした野蛮人が人の肉を喰う、西方には砂漠が広がり水もなく、北方は氷で閉ざされ吹雪の世界、そして天上の門には虎と豹《ひょう》がいて下から来る人を嚙み殺し、地下の門には奇怪な姿の土伯《どはく》がいて人を追い回す、と。そして戻るべきこの世は、高い立派な建物と美しい庭園、贅を凝らした部屋には豪華な食事と美女たち、そして音楽と舞踊と楽しい遊戯という、この世の快楽が満ちていることが歌われます。

魂の向かう先の苦痛、こちら側の世界の快楽という歌い方は、童謡「ほたるこい」の「あっちの水は苦いぞ、こっちの水は甘いぞ」と共通するものです。

あとがき

私事ですが、『詩経』の解説書を書くのは今回で四回目です。それぞれ様々なスタンスでの解説を書きましたが、そのたびに修正を加えました。ですので、もっとも「平易さ」を求められた本書において、その背景にある『詩経』への視点は、自分の中では反対に一番深まったものであると密かに思っています。

一方、『楚辞』の難しさは読むたびに深まります。正直なところ、研究の対象とするよりは、自由にその作品世界に遊びたい、そんな衝動に駆られる書物です。

中国の古典は、古くから日本人にとって欠かせない教養であったにも関わらず、それを対象とする学問は、いま危機的状況にあります。高校の国語では漢文が冷遇され、大学の中国文学科、中国学科に来る学生は減少の一途をたどるばかりです。中国学は、アプローチの手続きの難しさに比べて、現実社会への直接的な意義付けが簡単ではないからだと思います。
しかし、途切れることなく読み継がれてきた古典には、朽ちることのない価値があるのだと信じます。古典の中に眠る典雅で美しい響きに少しでも触れてもらいたい、「分かり易さ」をあくまでも追求した本書が、そのための一つの手引きとなることができれば大変嬉しいです。

二〇一二年二月一九日

牧角悦子

ビギナーズ・クラシックス 中国《ちゅうごく》の古典《こてん》

詩経《しきょう》・楚辞《そじ》

牧角悦子《まきすみえつこ》

平成24年 3月25日　初版発行
令和6年 12月10日　19版発行

発行者●山下直久

発行●株式会社KADOKAWA
〒102-8177　東京都千代田区富士見2-13-3
電話　0570-002-301(ナビダイヤル)

角川文庫 17326

印刷所●株式会社KADOKAWA
製本所●株式会社KADOKAWA

表紙画●和田三造

ISBN978-4-04-407227-8　C0198

◆◇◇

角川文庫発刊に際して

角川源義

第二次世界大戦の敗北は、軍事力の敗北であった以上に、私たちの若い文化力の敗退であった。私たちの文化が戦争に対して如何に無力であり、単なるあだ花に過ぎなかったかを、私たちは身を以て体験し痛感した。西洋近代文化の摂取にとって、明治以後八十年の歳月は決して短かすぎたとは言えない。にもかかわらず、近代文化の伝統を確立し、自由な批判と柔軟な良識に富む文化層として自らを形成することに私たちは失敗して来た。そしてこれは、各層への文化の普及滲透を任務とする出版人の責任でもあった。

一九四五年以来、私たちは再び振出しに戻り、第一歩から踏み出すことを余儀なくされた。これは大きな不幸ではあるが、反面、これまでの混沌・未熟・歪曲の中にあった我が国の文化に秩序と確たる基礎を齎らすためには絶好の機会でもある。角川書店は、このような祖国の文化的危機にあたり、微力をも顧みず再建の礎石たるべき抱負と決意とをもって出発したが、ここに創立以来の念願を果すべく角川文庫を発刊する。これまで刊行されたあらゆる全集叢書文庫類の長所と短所とを検討し、古今東西の不朽の典籍を、良心的編集のもとに、廉価に、そして書架にふさわしい美本として、多くのひとびとに提供しようとする。しかし私たちは徒らに百科全書的な知識のジレッタントを作ることを目的とせず、あくまで祖国の文化に秩序と再建への道を示し、この文庫を角川書店の栄ある事業として、今後永久に継続発展せしめ、学芸と教養との殿堂として大成せんことを期したい。多くの読書子の愛情ある忠言と支持とによって、この希望と抱負とを完遂せしめられんことを願う。

一九四九年五月三日

角川ソフィア文庫ベストセラー

論語
ビギナーズ・クラシックス 中国の古典

加地伸行

儒教の祖といわれる孔子が残した短い言葉の中には、どんな時代にも共通する「人としての生きかた」の基本的な理念が凝縮されている。

老子・荘子
ビギナーズ・クラシックス 中国の古典

野村茂夫

道家思想は儒教と並ぶもう一つの中国の思想。わざとらしいことをせず、自然に生きることを理想とし、ユーモアに満ちた寓話で読者をひきつける。

韓非子
ビギナーズ・クラシックス 中国の古典

西川靖二

法家思想は、現代にも通じる冷静ですぐれた政治思想。「矛盾」「守株」など、鋭い人間分析とエピソードを用いて、法による厳格な支配を主張する。

陶淵明
ビギナーズ・クラシックス 中国の古典

釜谷武志

自然と酒を愛し、日常生活の喜びや苦しみをこまやかに描く、六朝期の田園詩人。「帰去来辞」や「桃花源記」を含め一つ一つの詩には詩人の魂が宿る。

李白
ビギナーズ・クラシックス 中国の古典

筧久美子

酒を飲みながら月を愛で、放浪の旅をつづけた中国を代表する大詩人。「詩仙」と称され、豪快奔放に生きた風流人の巧みな連想の世界を楽しむ。

杜甫
ビギナーズ・クラシックス 中国の古典

黒川洋一

若いときから各地を放浪し、現実の社会と人間を見つめ続けた中国屈指の社会派詩人。「詩聖」と称される杜甫の詩の内面に美しさ、繊細さが光る。

孫子・三十六計
ビギナーズ・クラシックス 中国の古典

湯浅邦弘

歴史が鍛えた知謀の精髄！　中国最高の兵法書『孫子』と、その要点となる三十六通りの戦術をわかりやすくまとめた『三十六計』を同時収録する。

角川ソフィア文庫ベストセラー

易経
ビギナーズ・クラシックス 中国の古典
三浦國雄

未来を占う実用書「易経」は、また、三千年に及ぶ、中国の人々の考え方が詰まった本でもある。この儒教経典第一の書をコンパクトにまとめた。

唐詩選
ビギナーズ・クラシックス 中国の古典
深澤一幸

漢詩の入門書として、現在でも最大のベストセラーである『唐詩選』。時代の大きな流れを追いながら精選された名詩を味わい、多彩な詩境にふれる。

史記
ビギナーズ・クラシックス 中国の古典
福島正

「鴻門の会」「四面楚歌」で有名な項羽と劉邦の戦い、春秋時代末期に起きた呉越の抗争など、教科書でおなじみの名場面で紀元前中国の歴史を知る。

蒙求
ビギナーズ・クラシックス 中国の古典
今鷹眞

江戸から明治にかけて多く読まれた歴史故実書。「蛍の光、窓の雪」の歌や、夏目漱石の筆名の由来になった故事など、馴染みのある話が楽しめる。

白楽天
ビギナーズ・クラシックス 中国の古典
下定雅弘

平安朝以来、日本文化に多大な影響を及ぼした、唐代の詩人・白楽天の代表作を精選。紫式部や清少納言も暗唱した詩世界の魅力に迫る入門書。

十八史略
ビギナーズ・クラシックス 中国の古典
竹内弘行

暴虐の限りを尽くした殷の紂王。「鶏鳴狗盗」の故事を生んだ孟嘗君。ドラマチックな人間模様を味わいながら、紀元前の中国正史が手軽にわかる！

春秋左氏伝
ビギナーズ・クラシックス 中国の古典
安本博

古代魯国史『春秋』の注釈書ながら、巧みな文章で人々を魅了してきた『左氏伝』。「一旦発した言葉に責任を持つ」など、人生指南本としての顔も持つ。